VENCIENDO A LA LLUVIA

SERIE CHICOS DE LA TORMENTA
LIBRO 1

N.R. WALKER

CRÉDITOS

SINOPSIS

Tully Larson ha amado las tormentas tropicales desde que era un niño y pasaba los veranos con su padre disfrutando en la naturaleza del Parque Nacional Kakadu. Es más feliz al aire libre, un chico rudo y listo que ama el poder de la Madre Naturaleza y persigue la emoción de las tormentas eléctricas cada vez que tiene la oportunidad.

Jeremiah Overton, un fulminólogo de Melbourne, persigue tormentas por una razón completamente diferente. Los rayos han dado forma a toda su vida y lo impulsan a estudiarlos, a comprenderlos, por lo que dirigirse a Kakadu en medio de la temporada de tormentas es algo lógico. Después de todo, el Top End es la capital de los rayos de Australia.

Tully no está seguro de cómo resultará una semana en su *búnker* remoto con un chico académico. Y Jeremiah no espera mucho del vaquero cazador de tormentas que se ofreció como voluntario para llevarlo.

Pero ambos hombres saben muy bien que cuando los opuestos se atraen, un rayo golpea.

NOTA DE LA AUTORA

ESTA SERIE ES ESTRICTAMENTE FICCIÓN. Las oficinas de meteorología reales no funcionan así en la vida real. La autora es muy consciente.

Se han tomado licencias creativas con respecto al seguimiento del clima, los sistemas de predicción y todas las prácticas meteorológicas mencionadas en este documento.

Es simplemente un viaje divertido y loco destinado solo a fines de entretenimiento.

¡Disfrutad!

VENCIENDO A LA LLUVIA

N.R. WALKER

SERIE CHICOS DE LA TORMENTA
LIBRO UNO

CAPÍTULO UNO
TULLY LARSON

ME SENTÉ en mi viejo Jeep Wrangler, esperando que llegara el avión de Darwin. El aeropuerto de Jabiru no era más que un aeropuerto discreto de un solo edificio, justo en el medio del Parque Nacional Kakadu, en el Top End del Territorio del Norte.

No era una metrópolis próspera, déjame decirlo de esa manera.

El edificio de ladrillo de la terminal era mejor que el cobertizo de hojalata que solía ser, pero, aun así, este lugar no era el Heathrow.

Jabiru en sí tenía una gran población de alrededor de mil personas. Bueno, tantos en la estación seca, menos en la estación húmeda. El clima aquí arriba hacía cosas extrañas a la gente, y la mayoría recogía sus cosas y se iba al sur durante unos meses, antes de que llegara el calor, la humedad y la lluvia torrencial.

Era entonces cuando yo llegaba aquí.

Porque con ese calor y esa humedad llegaban las tormentas de verano. Tormentas eléctricas brutales y feroces que aparecían casi todas las tardes, arrojando aguaceros monzónicos e incendiando los cielos con rayos.

Por eso estaba esperando en el aeropuerto de Jabiru.

Se acercaba un chico de la Oficina de Meteorología de Melbourne. Se quedaría una o dos semanas para estudiar los rayos. Bueno, ya los había estudiado; tenía algún doctorado o algún otro título importante. Bueno, tenía un montón de letras después de su nombre seguidas de *Ciencias Atmosféricas y Meteorología*. Venía hasta aquí para *observarlos*. Para realizar algunas pruebas sofisticadas, o algún tema académico que yo no entendía.

Aparentemente, había mandado algunas peticiones a los círculos académicos de meteorología de Darwin acerca de querer pasar una semana en las tierras salvajes del Parque Nacional Kakadu estudiando y observando todo lo que pudiera. Me sorprendió que no se rieran de él, pero alguien me mencionó, un chico no académico que pasaba semanas persiguiendo tormentas eléctricas, y unas pocas llamadas telefónicas más tarde, me localizó.

Le había dicho que no era como esos idiotas universitarios. Pasaba mis veranos persiguiendo tormentas porque era divertido y porque podía. Le expliqué que se trataba de acampar en el Parque Nacional Kakadu. Que habría algunas caminatas involucradas. Que seríamos solo él y yo en medio de la nada, y que existiría la posibilidad de que no viéramos a otros seres humanos durante toda su estadía.

Dijo que le parecía bien.

Me había ofrecido un pago ridículo, una beca de estudios del gobierno, y le dije que lo donara al Parque Nacional Kakadu. Hizo exactamente eso, y yo me quedé sin excusas.

Así que, a pesar de mis mejores esfuerzos para convencerlo de lo contrario, hoy llegaría.

Doctor Jeremiah Overton.

Con ese nombre, debía tener ochenta años. No había hablado con él por teléfono, solo por correo electrónico con su elegante firma de doctorado, pero incluso la forma en que escribía era muy formal. O tal vez esa era la forma en que los científicos súper inteligentes escribían solicitudes desde sus elegantes sitios web de ciencia.

No tenía ni idea.

Pero estaba a punto de averiguarlo.

El pequeño avión descendió y circuló por la pista, y con un suspiro, salí de mi Jeep y entré. Al menos la terminal tenía aire acondicionado.

—Buenas tardes, Tully —dijo Yasmin desde detrás del mostrador de facturación.

Le dediqué una sonrisa.

—Buenas tardes.

—¿Qué te trae hoy por aquí? ¿Una persona o quizá un cargamento?

—Una persona.

Una persona que no conocía de nada. Demonios, ni siquiera sabía cuál era su aspecto, no sabía qué clase de compañía me esperaba.

¿Por qué accedí a esto?

El arrepentimiento aumentó uno o dos puntos cuando el avión se detuvo y la puerta se abrió.

Tenía un mal presentimiento sobre esto.

Un viejo esnob y yo nos quedaríamos en medio de los matorrales más remotos, rodeados de una vida salvaje mortal que probablemente nunca habría visto, mientras perseguíamos tormentas eléctricas para que él pudiera pararse en medio de un claro sosteniendo una varilla de metal señalando al cielo…

Es decir, ¿qué podría salir mal?

La gente bajó los escalones hasta la pista y comenzó a dirigirse al interior. Algunos de ellos ya se estaban abanicando el cuello de la camisa para protegerse del calor y no habían estado ni un minuto aquí.

Conté doce personas, todo lo que cabría en un avión con ese tamaño. Algunas parejas, que escudriñé justo al pasar. Una madre joven con un niño cargado en la cadera. Definitivamente no. Dos hombres de traje, a los que les di una dura mirada. Un chico joven, que se veía un poco empollón de una manera sexi, con su camisa abotonada con los faldones por dentro y sus pantalones cortos azul marino con botas de montaña.

No, no puede ser él.

Entonces vi a un hombre. Setenta años por lo menos, pelo gris despeinado y grueso debajo de un sombrero de pescador, vestido como el Doctor Livingston de Jumanji o cualquier otra película de mierda que fuera. Era el hombre del lote con aspecto de Jeremiah. Así que me dirigí directamente hacia él, sonreí con mi sonrisa más falsa y le tendí la mano.

—Tully Larson.

Me miró, luego a mi mano, luego de nuevo a mi cara y se llevó la mano a la oreja.

—¿Qué dices, hijo? Habla más alto. Estoy sordo como un poste.

Oh, genial.

Abrí la boca y respiré hondo para poder gritar, justo cuando el chico sexi de pantalones cortos con su bonita camisa abotonada y botas de montaña me interrumpió.

—¿Tully Larson? —preguntó. Cristo, sus ojos eran como zafiros oscuros con esteroides. Tan jodidamente azules.

—Eh, ¿sí?

Extendió la mano.

—Doctor Jeremiah Overton.

Bueno, estaría jodidamente condenado.

—Algunas personas me llaman Jeremy.

Le sonreí, mi próxima semana ahora se veía mucho más brillante, y le estreché la mano.

—Hola, Jeremiah. Es un placer conocerte.

CAPÍTULO DOS

JEREMIAH OVERTON

EL AEROPUERTO de Jabiru era una franja de tierra en un llano polvoriento. El calor era sofocante, y bajar del avión y caminar hacia la humedad era como tomar un baño caliente, solo que de alguna manera el agua estaba seca.

Bienvenido al Top End.

No estaba seguro de qué pensar de mi guía, si así es como podría llamarlo. La reputación de Tully Larson le precedía. El equipo de la Universidad de Darwin había dicho que era algo salvaje. No tenía credenciales académicas en meteorología, pero se había ganado la reputación de cazatormentas inteligente y astuto.

Un cazatormentas.

Podría haber informado sobre sus hallazgos, tomado algunas lecturas y filmado varias veces para los canales meteorológicos locales y la oficina aquí, pero pasaba semanas seguidas en la primera línea de las tormentas monzónicas por diversión.

Por *diversión*.

Era guapo, no había vuelta de hoja. Indudablemente bien y verdaderamente fuera de mi alcance. Parecía un surfista de Sunshine Coast en Queensland, con su largo cabello rubio y ondulado, pero después de escucharlo hablar, estaba claro que era del Territorio. Tenía una manera relajada en la forma en que caminaba y hablaba. Tenía un acento arrastrado y una sonrisa fácil que lo hacía simpático al instante.

Mi primera impresión de él fue que era un chico tranquilo y sonriente, y nada lo desconcertaba. Incluidas las tormentas eléctricas monzónicas. Nada parecía ser un problema.

Aunque llamarme por mi nombre abreviado parecía algo difícil para él.

—Entonces, Jeremiah —dijo levantando mi caja de equipo pesado en la parte trasera de su Jeep. La levantó sin esfuerzo, luego me liberó de mi bolsa de lona también, deslizándola al lado de mi caja—. ¿Qué tal tu vuelo?

—Estuvo bien —respondí, me senté en el asiento del pasajero delantero y miré hacia el cielo abrasador—. ¿Tu coche no tiene techo? ¿Una capota, tal vez?

El sol era abrasador, la humedad lo empeoraba. Fui a ponerme el cinturón y casi me quemé con la hebilla.

—¡Ay!

Tully se rio.

—Sí, lo siento. Y sí, hay una capota en alguna parte. Pero hace más fresco sin ella una vez que estemos circulando. Ya verás.

Eso era difícil de imaginar.

—Pensé que podríamos pasar por la tienda y comprar algunos suministros de última hora. No volveremos a la civilización por un tiempo.

—Claro.

No sabía qué *suministros* podíamos conseguir que no se echaran a perder en estas condiciones cálidas y húmedas, especialmente durante el campamento. Ciertamente estaba demasiado asustado para preguntar. Pero aparentemente hacía esto todo el tiempo, así que tendría que confiar en él.

La tienda en sí era más una tienda de barrio, con muy pocas selecciones y precios exorbitantes.

—Vaya —murmuré mirando el precio de la mantequilla.

Él sonrió, lenta y perezosamente.

—¿Los precios? Estos no son los precios de Melbourne. Aquí son precios de a-dos-horas-de-un-supermercado.

Cogió cosas como agua embotellada, harina y azúcar, productos enlatados, carne, frutas secas y nueces. Y un rollo gigante de papel higiénico.

—Lo esencial más importante. —Se rio de mi vergüenza—. ¿Preferirías que no lo comprara?

—Eh, no, está bien. Gracias.

Resopló.

—Algo importante, ¿cuándo te vacunaron por última vez? Si vamos a comer cerdo salvaje…

Lo miré horrorizado

—Ehhh, comeré frijoles. Y hierba, si tengo que hacerlo, antes de comer jabalí infestado de gusanos.

Se echó a reír.

—Solo estoy bromeando. —Empujó el carrito, luego se detuvo y me miró, muy serio—. Una vez que comí varano. Y la grulla brolga es difícil de comer. —Hizo una mueca—. Como comer una paloma de goma.

Se rio de mi expresión.

—Es broma. Lo de la brolga. En serio comí varano una vez.

Agregué algunas latas más de frijoles al carrito e ignoré la forma en que se rio todo el camino hasta la caja.

—Buenas tardes, Tully —dijo el hombre detrás del mostrador. Tenía unos cincuenta años, cabello canoso, piel curtida por el sol y una sonrisa cansada—. ¿Vas a salir de nuevo?

—Sí. Tengo compañía esta vez —dijo asintiendo hacia mí—. Pero me aseguraré de vigilar a este y de que regrese. No como el último… —Lo miré de nuevo, preguntándome en qué diablos me había metido, y se rio de nuevo—. ¡Estoy bromeando!

Miré al hombre detrás del mostrador.

—Por casualidad no vendes sentido del humor, ¿verdad? Creo que voy a necesitar una buena dosis.

Soltó una carcajada.

—No dejes que te engañe —me dijo—. Tully sabe lo que está haciendo, así que asegúrate de escucharlo, ¿me oyes? A menos que no quieras volver, claro.

Tully me sonrió y entregó su tarjeta de crédito, luego cargamos los suministros en la parte trasera de su Jeep. Miró hacia el cielo que se oscurecía y tiró de la lona para cubrir la comida y mi equipo, pero los asientos delanteros seguían sin protección.

Casi me quemé con la hebilla del asiento de nuevo, ganándome otra sonrisa de Tully. Ya estaba empezando a repensar mi primera impresión de su sonrisa. Al principio, pensaba que lo hacía simpático. Ahora pensaba que lo volvía insufrible.

Sexi, pero increíblemente molesto.

¿O me estaba molestando porque creía que lo hacía sexi?

Suspiré y fingí que no me importaba.

Con su molesta sonrisa firmemente en su lugar, salió marcha atrás de su lugar de aparcamiento sin ni siquiera fijarse, luego salió a toda velocidad del pequeño pueblo de Jabiru a lo largo de la autopista de Arnhem.

El viento azotaba a nuestro alrededor, y tenía razón. El movimiento del aire con el techo quitado lo hacía más llevadero. La humedad era espesa con la amenaza de lluvia, a pesar de que el sol todavía caía sobre nosotros. El paisaje que dejábamos atrás era espectacular: vegetación subtropical que brotaba nueva vida con el comienzo de la temporada de lluvias.

—Solo estaba bromeando —dijo Tully gritando por encima del rugido del motor y el viento—. Cuando dije que no te perdería aquí. Nunca he perdido a nadie todavía. Tampoco he traído a nadie aquí. Lo cual es un tecnicismo, lo sé. Pero no quería que te preocuparas.

—¿Supongo que el mórbido sentido del humor es algo del Territorio del Norte? —Gritar para conversar no era realmente mi forma favorita de comunicarme.

—No puedo hablar por todos —gritó de vuelta, esa sonrisa molestamente sexi ahora era una auténtica sonrisa—. Pero ayuda un poco bromear sobre la vida aquí. De lo contrario te puedes volver loco.

Quería preguntarle si vivía aquí, pero pensé que podía guardar esa conversación para cuando no estuviéramos gritándonos para poder escucharnos.

Una hora después del pueblo, completamente azotados por el viento y probablemente quemados por el sol, nos desviamos de la autopista hacia un camino que pronto se convirtió en una pista.

—Tal vez quieras aferrarte a la barra de oh-mierda —dijo.

Sí. La sonrisa permanente ahora era *oficialmente* molesta.

Al igual que la forma en que el viento alborotaba su cabello y la forma en que la luz del sol hacía brillar sus ojos.

Reúne tus pensamientos. Enfócate en por qué estás aquí.

Un bache serio en la pista me hizo alcanzar la barra de apoyo al otro lado del tablero.

—¡Oh, mierda!

—Sí. Así es como obtuvo su nombre. —Tully se rio. Luego señaló hacia delante a otra pista por la que estábamos a punto de pasar. Era un camino de cabras entre los matorrales—. Por allí iremos mañana.

¿Más de este tipo de carretera? Oh, bueno.

—¿Este camino se vuelve intransitable en la temporada de lluvias? —pregunté, rebotando en mi asiento. No podía imaginar que empeorara.

—Es intransitable ahora.

Esa maldita sonrisa.

Ya no era solo molesta.

Estaba empezando a disgustarme activamente.

—Bueno, para los turistas. Cuando lleguemos a las tierras bajas —continuó diciendo—. Cuando se inundan, entonces es intransitable.

—¿Estamos esperando inundaciones?

—Es la temporada de lluvias.

Como si los cielos estuvieran escuchando, comenzó a caer lluvia. Gotas gordas y pesadas al principio, luego empezaron a bombardearnos, pero Tully no se detuvo para poner el techo. Demonios, ni siquiera redujo la velocidad.

Parecía que empaparse era tan natural para él como sentarse al sol.

—¿Y cómo circulamos por un terreno inundado?

—Solo tienes que ser más rápido que el nivel de agua subiendo. —Palmeó el volante—. Nunca me ha defraudado.

Oh, genial.

Cuando dijeron que era un poco salvaje, no me di cuenta de que se referían a que era un vaquero con deseos de morir.

Se rio de nuevo y, afortunadamente, giramos en una curva y, después de una pequeña pendiente, llegamos a nuestro primer campamento. Se detuvo en un cobertizo abierto para coches, junto a un gran Cruiser, detrás de lo que parecía una instalación. Al haber otro vehículo, pude deducir que había otras personas aquí. O una persona al menos.

Abrió su puerta.

—Regresaremos por nuestro equipo cuando deje de llover —dijo, y luego corrió hacia el campamento—. Vamos.

Me llevó unos segundos darme cuenta de que esperaba que lo siguiera. Corrí a la vuelta de la esquina de las instalaciones, me agaché bajo el techo y casi choco con la parte trasera de Tully. Estaba allí con dos hombres, ambos parecían estar en la treintena, y estaban sonriendo. Uno de ellos tenía cabello castaño corto, piel bronceada. El segundo hombre tenía el pelo negro y largo y permanecía un poco atrás.

—Este es Jeremiah —dijo Tully. Iba a corregir lo del

nombre completo y sugerir que me llamaran Jeremy, pero pensé que no tenía sentido. Tenía la sensación de que iba a ser Jeremiah durante mi estadía. No es que me importara. De hecho, probablemente prefiriera mi nombre completo —. Jeremiah estos son Paul y Derek. Dirigen este lugar. Y viven aquí.

¿Vivían aquí? ¿En la naturaleza? ¿Con ese camino?

—¿Vivís aquí? —pregunté—. ¿Tan aislados?

Paul se rio e hizo un gesto hacia la pared de agua que formaba la lluvia a solo unos metros de distancia.

—La mejor dirección del planeta. Pero... —Luego hizo un gesto hacia la cabaña más cercana—. Más específicamente, ese es nuestro hogar, justo allí. Tully estará pendiente de ti esta noche, pero si hay una emergencia, ven a buscarnos.

Entonces Paul palmeó a Tully en el hombro.

—Os puse en la cabaña número uno. La nevera está llena. Tú sabes dónde está todo. Estaremos ocupados durante unas horas. Si nos necesitas para algo, no nos necesitas para nada, si sabes a lo que me refiero.

No estaba seguro de lo que quería decir. Si los necesitaba para algo, ¿no los necesitaba para nada? Eso no tenía sentido. Pero Tully sonrió, casi riendo.

—Alto y claro.

Paul y Derek desaparecieron bajo la lluvia torrencial y entraron en la cabaña más cercana.

Juntos.

Oh.

Oh, vaya.

Tully debe haber visto la mirada en mi cara cuando conecté los puntos.

—Dirigen este lugar —dijo de nuevo—. Juntos. Son pareja ¿Es eso un problema?

Sentí mis mejillas enrojecerse.

—No, en absoluto. Dios mío, no. No me importa. Es genial.

Cállate la boca.

Por el amor de Dios, cállate.

—Bien —dijo alegremente, su sonrisa de nuevo en su lugar—. Así que esta es la cocina común. Probablemente prepararemos una parrillada para la cena, supongo. Paul es un cocinero bastante bueno.

—Pero no por unas pocas horas —murmuré mirando mi reloj. Ya eran las cuatro.

Tully se rio, casi más fuerte que la lluvia sobre el techo de hojalata.

—Pero cuando estemos solos, no tendremos unas comodidades tan buenas.

Ahora podía ver que el sitio para acampar era más como un lujoso albergue ecológico de cabañas privadas. Del tipo elegante con pequeñas terrazas de madera en el frente, sin duda más agradables que mi apartamento en Melbourne.

No había esperado esto.

Y cuando la lluvia amainó un poco, pude ver la vista.

La lluvia se movía hacia el norte, se movía sobre nosotros y se dirigía hacia la costa, revelando un humedal completo debajo de nosotros. Era una alfombra de retazos de pastos verdes y bosques, serpenteados con ríos azul plateado.

—Oh, vaya.

—Me alegro de que te guste —dijo Tully. Luego señaló con la barbilla hacia el horizonte, donde las nubes ahora estaban oscuras y las tormentas rugían—. Porque ahí es a dónde vamos.

Relámpagos iluminaron las nubes, cargas negativas buscando positivas, cortinas de rayos esparciéndose por el cielo y rayos de nube a tierra: una muestra impresionante de naturaleza y destrucción.

Hizo que mi pulso se acelerara.

Mis ojos se encontraron con los de Tully y sonreí.

CAPÍTULO TRES
TULLY

LA CENA FUE un asunto tranquilo, solo nosotros cuatro sentados alrededor de la cocina común. Jeremiah gravitó hacia Derek. Una vez que Derek mencionó sus telescopios y astronomía, Jeremiah quedó intrigado.

—De mentalidad científica —dijo Paul con un asentimiento de admiración hacia ambos. El cielo estaba oscuro, la tormenta había pasado hacía tiempo, por lo que Derek tenía su telescopio cerca del borde del campamento, con vista a los humedales, y Jeremiah y él habían estado en su pequeño mundo durante aproximadamente una hora.

—¿Derek tiene un límite en la cantidad de preguntas que permite? —pregunté—. Porque creo que el Doctor Jeremiah lo ha superado con creces.

Paul se rio.

—Si se trata de preguntas sobre estrellas y planetas, nunca hay un límite.

Tomé un sorbo de agua y los observé durante un rato.

—¿En serio lo llevarás durante una semana entera? —preguntó Paul—. Eso es mucho tiempo ahí afuera.

Suspiré.

—Bueno, dije que normalmente voy por quince días, y me preguntó si podía acompañarme. Cuánto aguante es la verdadera pregunta.

Paul sonrió.

—¿Deberíamos hacer una apuesta?

Me reí.

—Probablemente no.

—Se supone que las tormentas serán malas este verano —agregó—. El parque ha emitido advertencias, que supongo que conoces.

Asentí.

—Y le expliqué eso. Dijo que por eso viene aquí. Porque se supone que las tormentas serán muy fuertes.

Paul entrecerró los ojos.

—¿Está cuerdo?

Resoplé.

—Te lo haré saber en una semana.

Los observamos por unos momentos más.

—Es un poco lindo —reflexionó Paul—. ¿Y solo estaréis vosotros dos, aislados?

Le lancé una mirada.

—Sí, sé lo que estás insinuando, y eso no va a suceder.

Resopló.

—¿Por qué no? ¿Qué es un poco de diversión inofensiva?

—¿Cuándo es solo diversión inofensiva?

La sonrisa de Paul se desvaneció en algo más sereno, sus ojos fijos en Derek.

—Cuando se convierte en el amor de tu vida.

Ignoré eso.

Yo no era del tipo que se enamoraba.

—Creo que tiene los ojos más azules que jamás haya visto —agregó Paul en voz baja.

Eso me hizo mirarlo.

—¿Verdad? Son tan jodidamente azules. Como un extraño azul oscuro. Podrían ser lentillas de colores.

—Lo dudo. Él no parece de ese tipo. Lentillas normales, claro. ¿Pero de colores? No.

Eso era cierto. No parecía del tipo. No es que lo conociéramos de nada.

—Y estudia los rayos —dijo Paul, casi con nostalgia—. Como tu pasatiempo, pero para un trabajo.

Volvió a tener ese tono insinuante.

—¿Y?

—Como una pareja perfecta, ¿no crees?

—No, no creo.

—Diversión inofensiva, Tully —dijo sonriendo mientras bebía su agua.

—Diversión tan inofensiva como ser alcanzado por un rayo.

Jeremiah miró hacia atrás y directamente a mí, como si hubiera escuchado lo que dije. Esperaba por Dios que no hubiera escuchado toda la conversación.

Paul tarareó una melodía alegre, sonriendo mientras bebía lo último de su agua.

—Mmm. Creo que te vas a divertir mucho, Tully. —Se encogió de hombros—. Inofensivamente o no, eso depende de ti. Pero, ¿puedo ofrecerte una sugerencia?

Estaba seguro de que no quería escuchar esto.

—Claro.

—Si no estás seguro de si está interesado y no sabes cómo preguntar, el "oh, no, solo hay una cama" funciona perfectamente.

Oh, Dios.

Hice una mueca.

—Nos quedamos en el búnker. Solo hay una cama.

Paul se rio.

—Por supuesto que sí. Simplemente no hagas nada de esa mierda caballerosa y te acuestes en el suelo.

Me reí.

—Gracias. Lo tendré en cuenta. —Para nada tendría eso en cuenta. No tenía intención de divertirme con Jeremiah, inofensivamente o no. Entonces se me ocurrió algo…—. Ah, cielos. No sacaste una de las camas de la tienda uno, ¿verdad?

Paul sonrió.

—No. ¿Te gustaría?

—No, gracias. Dos es simplemente genial.

Suspiró y se puso de pie.

—Me voy a la cama. El desayuno es a las siete. ¿A qué hora os vais?

—Probablemente saldremos a las ocho.

—Genial.

Les dio las buenas noches a los dos observadores de estrellas, y pensando que estarían estudiando las estrellas por un tiempo, los dejé y entré en nuestra tienda.

Era muy agradable. Una de esas lujosas tiendas de campaña glamping con paredes y techo de lona blanca, dos camas individuales, un baño pequeño y una mesita con sillas. Había dejado mi única bolsa de lona en la cama más cercana, y la bolsa de Jeremiah y una gran caja negra estaban ordenadamente colocadas a los pies de su cama.

La había llamado su caja de equipo. Pesaba lo suficiente, parecía resistente e impermeable, y tuve que preguntarme qué tipo de equipo tenía un científico de rayos. También tuve que preguntarme cómo iba a cargarlo durante su estadía. El Jeep nos llevaría a la mayoría de los lugares, pero había algunos caminos demasiado intransitables incluso para mí.

Después de todo, era el comienzo de la temporada de lluvias.

Me di una ducha, me puse mis bóxeres para dormir. Que eran más profesionales que mis calzoncillos para dormir. O mi preferencia por dormir desnudo.

Estaba retirando las sábanas cuando entró Jeremiah. Se detuvo cuando me vio, desviando la mirada y sonrojándose.

Maldita sea.

—Ah —dijo—. Lo siento. Debería haber llamado.

—Está bien. Deberías estar agradecido de que me ponga ropa —bromeé, pero en realidad no. Su mirada se cruzó con la mía antes de apresurarse a buscar su bolsa de lona—. Normalmente uso mi traje de cumpleaños para dormir. Pensé en vestirme un poco para ti.

—Oh, bueno —dijo nervioso—. Debería estar agradecido. Gracias.

Seguía sin mirarme, así que me metí en la cama y tiré sólo de la sábana. Hacía demasiado calor para cualquier otra cosa.

—Tal vez quieras aprovechar al máximo la ducha —sugerí cruzando los brazos detrás de la cabeza—. Será la última por un tiempo.

Asintió y llevó su neceser al baño. Estaba medio dormido cuando volvió a salir. Se acostó en su cama tranquilamente en la oscuridad, vistiendo pantalones cortos de dormir y una camiseta que se ajustaba perfectamente a su pecho. También olía bien.

Retirando ese pensamiento de mi mente, me instalé en el sueño.

Para nada soñé con diversión inofensiva. Aunque pensé que una paja en la ducha antes del desayuno era una buena idea. No podía arriesgarme a que Jeremiah me viera con una gran erección en nuestro primer día.

Cristo.

Esta iba a ser una semana larga.

DESPUÉS DEL DESAYUNO, cargamos el Jeep y seguimos nuestro camino. Teníamos bidones de combustible, bidones de agua, suministros de alimentos, equipamiento de emergencia y su caja de equipo. El clima sería bastante bueno hasta la hora del almuerzo, cuando comenzarían la humedad y las tormentas, por lo que necesitábamos estar en nuestro destino para entonces.

Jeremiah estrechó la mano de Paul y Derek y, con una sonrisa emocionada, se subió al coche.

—Estoy deseando comenzar —dijo. Llevaba pantalones cortos más sensatos y una camiseta más holgada hoy. No podía decir si se suponía que era un estilo vintage caro o si era simplemente viejo, pero tuve la sensación de que el atuendo con el que viajó ayer era su buena ropa. No estaba del todo seguro de por qué. Sus zapatos, tal vez. Eran buenas botas de montaña, pero no del tipo caro que compra la gente rica para lucir bien. Los suyos eran del tipo en los que la gente más pobre derrochaba un buen dinero.

No quise decir eso de mala manera.

Era solo que Jeremiah subió a mi Jeep pareciendo un Jeremiah diferente al que subió ayer.

El viaje fue lento, el camino accesible solo por tracción en las cuatro ruedas. Todo era un camino angosto, árboles y helechos rozaban el costado del Jeep, en superficies irregulares y muy cuesta abajo.

—Agh —gimió agarrándose a la barra de oh-mierda mientras pasábamos por un bache particularmente grande—. ¿Sabes que dije que estaba emocionado de comenzar hoy?

—Sí.

—Creo que me arrepiento.

—El camino se aplanará un poco cuando bajemos por la cresta —dije.

—Bien.

—Pero luego tendremos agua sobre las carreteras.

Me lanzó una mirada desconcertada y le sonreí.

—Excelente —dijo poniendo su mano en el tablero para sostenerse en su asiento—. ¿Volveremos por aquí? Por favor, di que no.

Me reí.

—No. Estaremos más al norte al final del viaje y regresaremos desde el este, cerca de la Tierra de Arnhem. Es más llano en esa dirección.

—¿Quieres decir que podríamos haber ido por ese camino? —Sus nudillos estaban blancos en la barra de agarre—. ¿En lugar de por este camino de cabras?

—Podríamos, pero ¿dónde estaría la diversión en eso? —Golpeamos un hoyo y ambos nos sacudimos en nuestros asientos—. Además, esto no es una pista de cabras. Es una pista de cerdos salvajes.

Sus agudos ojos azules se clavaron en los míos.

—Tu sentido del humor es tan divertido como estos baches.

Le sonreí, pero se le pasó por alto porque no me miró. No hasta que estuvimos en un terreno mucho más plano. Sus dedos se soltaron de la barra de agarre y finalmente exhaló. Seguía siendo un sendero, aún lleno de árboles y helechos, pero más llano.

Reduje la velocidad del Jeep hasta que se detuvo.

—¿Todo está bien? —preguntó alarmado.

—Claro. —Señalé hacia atrás en la cresta ahora detrás de nosotros—. ¿Ves esa brecha en los árboles en la parte superior de la cordillera? Ese es el campamento de Paul y Derek.

—Oh, vaya.

—Es una pendiente muy pronunciada —admití—. Pero nos ahorré el viaje de un día completo.

Jeremiah resopló molesto, pero volvió a mirar al frente.

—Alguna advertencia hubiera sido de agradecer.

—Te lo advertí. Dije que era intransitable.

Se volvió lentamente hacia mí.

—Intransitable implicaría que la carretera no es transitable, lo que significa que no se debe conducir por ella porque es intransitable.

—Intransitable no es imposible. —Le sonreí y, poniendo el coche en primera, comencé a conducir de nuevo—. De todos modos, eso es para los turistas, no para mí.

Sus ojos se clavaron en los míos, y oooh chico, esos ojos azul oscuro podían contener algo de fuego. No ayudaba que lo encontrara divertido. Ciertamente tampoco ayudaba que lo encontrara sexi como el infierno.

Descontento, pero optando por el silencio, sacó un

mapa, del tipo que se encuentra en las antiguas estaciones de servicio, y probablemente estaba bien. No es que tuviéramos servicio telefónico, pero también significaba que él no me estaba mirando, y que esa mirada de zafiro no estaba tratando de hacer agujeros en mi cabeza.

La pista se había nivelado, pero eso no significaba que estuviera menos accidentada. Los enormes baches ahora estaban llenos de agua, su profundidad, y la cantidad subsiguiente de rebote, era difícil de medir. Lo tomé con calma, no queriendo romper mi suspensión.

Jeremiah apenas pareció darse cuenta. Levantó la vista de su mapa al estrecho camino que tenía delante y luego a mí.

—El hecho de que conduzcas con una velocidad considerablemente menor en este terreno horizontal en comparación con la velocidad con la que condujiste por la ladera vertical me hace creer que en realidad no estabas controlando la velocidad con la que caíamos en picado por la colina vertical.

Me reí.

—Caer en picado es una palabra fuerte.

—Sumergirse también funciona.

—Creo que conducir de manera experta es mejor.

Puso los ojos en blanco.

—Creo que sé dónde estamos —dijo revisando el mapa nuevamente—. Aquí no tenemos servicio telefónico.

—No hay mucho de nada aquí.

—Tengo una pregunta seria. ¿Qué sucede si uno de nosotros resulta herido?

—Tengo un botiquín de primeros auxilios.

—No, en serio.

—Lo digo en serio.

—Quiero decir gravemente herido. Como una fractura. O si uno de nosotros es mordido por... bueno, cualquier cosa de por aquí.

—Respuesta seria: el otro nos lleva por el camino largo y plano. Tengo un teléfono satelital para emergencias. Llamamos al 000. Te sorprendería, estamos lo más remoto posible aquí, pero hay gente alrededor. Ellos vendrán. Lo mismo ocurre con nosotros. Si recibimos una llamada de alguien para pedir ayuda, vamos a ellos. Es lo que haces aquí.

Él asintió, aparentemente complacido con esto.

—¿Alguna vez has tenido una emergencia?

—No. No pretendas empezar ahora. Aunque probablemente quieras ir sujetando varillas de metal para los rayos o algo por el estilo.

Él sonrió.

—Algo por el estilo.

Saltamos un montículo particularmente grande en el camino y ambos rebotamos en nuestros asientos. Agarró la barra de oh-mierda de nuevo.

—A riesgo de sonar como un niño pequeño, ¿cuánto falta?

Me reí.

—Tenemos mucho camino por recorrer. Ni siquiera hemos cruzado el río todavía.

Me miró fijamente, esos ojos azules tratando de determinar si estaba bromeando o no.

—¿Un rio? Por favor, dime que tiene un puente.

Resoplé.

—¿Un puente por aquí? Eres muy gracioso.

Se recostó en su asiento.

—Debería comenzar a contar los arrepentimientos y ver cuántos se necesitan antes de rendirme.

Me eché a reír.

—¿Arrepentimientos? ¿Cuántos tienes ya?

—Uno, bajando de esa maldita montaña. Te avisaré después del río, si sobrevivimos, me gano un segundo arrepentimiento.

Me encontré sonriéndole.

—Bueno, con un poco de suerte, el agua no estará demasiado alta todavía. —Sabía que no lo estaría, pero no pude evitar jugar con él un poco—. Pero si nos metemos en problemas, hagas lo que hagas, no te bajes del Jeep. Y si terminas en el agua, no te aferres a ningún tronco. —Hice una pausa para el efecto—. Porque esos troncos son de los que muerden.

Esos ojos azules casi se salen de sus cuencas.

—¿Hay cocodrilos por aquí?

Reí y negué con la cabeza.

—Es una broma.

Palideció y se encogió en su asiento.

—Eso no fue gracioso.

Pensaba que era gracioso.

—Creo que lo fue un poco —dije mientras circulábamos.

Levantó dos dedos.

—Tú. Te acabas de convertir en mi segundo arrepentimiento.

EL LECHO del río estaba creciendo bien, pero la calzada aún era fácilmente transitable. No lo sería en una semana más o menos. En absoluto. Todavía lo tomé con calma a través de la calzada; bromas aparte, aquí no había lugar para errores estúpidos.

La mano de Jeremiah apretó la puerta mientras miraba hacia afuera.

—El río comenzará a crecer ahora. Durante los próximos dos meses, tendremos hasta mil quinientos milímetros de lluvia. Toda esta pista estará bajo el agua durante dos meses. Todos los accesos por carretera tendrán que venir desde el este. Los helicópteros vienen de Darwin, que está al oeste de aquí. Y bromeé sobre los cocodrilos antes. Aquí todavía no habrá ninguno, pero cuando todo esto sea agua, esto estará lleno de ellos.

—Pero no volveremos por aquí —dijo casi para tranquilizarse.

—No. No lo haremos. Y el búnker, el lugar donde nos hospedaremos, está en una elevación. Como una meseta. No hay cursos de agua cerca. A menos que las lluvias sean realmente malas.

Me detuve antes de decir nada más, porque se esperaba que las lluvias empeoraran, y él lo sabía.

Por eso estaba aquí.

—Pero este es Kakadu —dijo con un suspiro—. El Top End tropical. Hay cocodrilos.

—Verdad.

—Y el lugar donde nos quedaremos —dijo—. El búnker. ¿Te quedas allí a menudo?

—Sí. Una o dos veces al año.

—¿Cómo lo descubriste?

—Solía venir aquí cuando era niño. Mi padre saldría a cazar… bueno, lo que ellos llamarían sacrificio ético. Cerdos, búfalos, cocodrilos. Cuando las colonias contraían enfermedades, o si crecían demasiado o se acercaban demasiado a los humanos. Montábamos en vehículos todo terreno y helicópteros. Era una locura de diversión. —Sonreí ante los recuerdos—. Llegamos a conocer a los guías y guardabosques a lo largo de los años, así que incluso cuando papá dejó de venir, yo seguí viniendo todos los veranos. Pero no para cazar.

—¿Por qué tu papá se detuvo?

—Ya no hacen el sacrificio. No como solían hacerlo. Los mueven ahora. A diferentes partes del parque y todo eso.

Asintió.

—Eso es probablemente algo bueno.

—Sí. Sabemos más ahora. Sobre cómo funcionan los ecosistemas.

Se quedó en silencio durante un rato, observando el paisaje, sonriendo a los pájaros y a algún que otro lagarto o canguro.

—Apuesto a que te sientes a un millón de kilómetros de Melbourne —dije.

—Estaba pensando que esto se siente como Indonesia. Bueno, a excepción de los canguros de allí atrás.

—No estamos lejos de la costa. Unos veinte kilómetros a vuelo de pájaro. Estás más cerca de Indonesia que de Melbourne, eso seguro.

Volvió a asentir, solo aferró la barra de agarre unas cuantas veces más antes de que la pista comenzara a subir notablemente y, efectivamente, después de unos minutos más a través de los árboles y la hierba, entramos en un claro y más adelante estaba nuestro campamento.

El *búnker*, como se le conocía, no era más que un cobertizo de hojalata marrón cuando estaba todo cerrado, y traté de no sonreír ante la mirada en el rostro de Jeremiah.

—Mira, el Kakadu Hilton —dije deteniéndome al lado del edificio y apagando el motor—. Preparémoslo antes de que declares que este es el arrepentimiento número tres.

Salí del Jeep y me dirigí directamente a la puerta principal. Jeremiah salió lentamente, observando su entorno. El búnker en sí no era nada lujoso. Era literalmente un cobertizo hecho de acero y hormigón, de ahí el nombre. Pero fue construido en los años 70, tenía un piso de concreto, un generador diesel para energía, una pequeña cocina, un inodoro y una ducha al aire libre. Incluso había un pequeño panel solar para las luces.

Era todo lo que necesitaba.

—¿Qué necesitas preparar exactamente? —preguntó Jeremiah cuando abrí la puerta.

—Déjame comprobar primero si hay amigos no deseados.

Jeremiah se congeló, con los ojos muy abiertos.

Encendí el interruptor de la luz y la luz del techo zumbó y parpadeó un par de veces antes de iluminar la habitación con un brillo amarillo anaranjado. Algunos bichos e insectos se escabulleron y corretearon, pero nada se deslizó por el suelo.

No todavía, de todos modos.

Tomé la escoba de mango largo y empujé y pinché, levanté las tapas y luego el delgado colchón sobre la cama. Revisé las vigas expuestas y abrí los pocos armarios. Lo único que me saludó fueron las arañas y las motas de polvo.

—Todo despejado —grité mientras caminaba de regreso.

Jeremiah no se había movido ni un centímetro.

Contuve la risa, pero sonreí.

—Vamos, puedes ayudarme a levantar los laterales.

—¿Los qué?

—Los lados —dije de nuevo—. Se levantan hacia afuera y hacia arriba, como alas. —Señalé las paredes laterales donde ahora podía ver los cerrojos. Deslicé el primer perno y él hizo lo propio en el otro extremo. Luego, desde el interior del cobertizo, empujamos la pared lateral hacia afuera y hacia arriba. Los postes de metal en los extremos bajaron y sostuvieron la pared como un toldo.

Luego lo hicimos al otro lado, y la brisa sopló directamente.

—Ahora eso es muy bueno —dijo claramente impresionado. Inspeccionó las bisagras gigantes y la tosca soldadura. Era tan robusto y fuerte como cualquier cosa que hubiera visto.

—Lo construyeron en los años 70, después del ciclón Tracy —le expliqué—. Cuando podían hacer una mierda como esta sin diez años de trámites burocráticos y códigos de construcción. De ninguna manera algo como esto pasaría hoy. Pero está clasificado como refugio de emergencia para ciclones, y después de que Tracy atravesó Darwin, construyeron algunos de estos en el Top End.

—Puedo ver por qué se llama el búnker. —Estaba frunciendo el ceño ante la larga luz fluorescente—. ¿Por qué es naranja claro?

—Bueno, técnicamente es amarillo —corregí—. A los bichos no les atrae tanto. Si fuera un blanco brillante, estaríamos rodeados.

Cuando no dijo nada, levanté la vista y, por supuesto, ahora estaba mirando la cama.

La muy única cama.

—Pon tu almohada en un extremo, yo pondré la mía en

el otro —dije como si no fuera gran cosa. Porque no era gran cosa. Y si se oponía tanto a compartir una cama doble con un chico, bien podría dormir en el suelo.

—Aquí, ayúdame a levantar esto —le dije sin darle tiempo a pensar en la situación de la cama. Tomé un extremo de la mesa, él tomó el otro y la trasladamos bajo el nuevo techo—. La lluvia tiende a venir del norte —dije—. Por lo que podemos mover nuestras cosas al lado de sotavento.

—¿Y estas cosas se quedan aquí? —preguntó mirando a su alrededor—. ¿Desbloqueadas?

Realmente no era tan bueno.

—Eh, seguro. Es un refugio en caso de emergencias. —Empujé la cama con mi pie—. Traje este colchón conmigo hace unos tres años. Deberías haber visto el viejo. —Hice una mueca—. Hay algunos carcinólogos que se quedan aquí regularmente, pero solo después de la temporada de lluvias.

—¿Carcinólogos? ¿Qué crustáceos viven aquí?

Me sorprendió que supiera lo que era. Por otro lado, dado que tenía un doctorado en algo, probablemente no debería haberme sorprendido para nada.

—Aquí no, exactamente. Sino en los manglares al norte de aquí. Caminan hacia los pantanos. Los cangrejos en los manglares hacen una función especial, aunque no sé qué es. Algo sobre las emisiones de carbono y el ciclo de la vida y cómo ayuda con el calentamiento global. —Me encogí de hombros—. Se detienen aquí al salir. Y luego está la gente de la estación seca. Entonces está más ocupado, pero tiendo a evitar a las personas, así que no sé mucho sobre las que se quedan aquí en la estación seca.

Moví las sillas hacia la mesa, dándonos un poco más de espacio.

—Pero la regla es que lo dejes como lo encuentras. No rompas nada y lo mantengas limpio.

—Eso funciona —dijo mirando a su alrededor—. En realidad, es mucho más limpio de lo que esperaba. Nada que una buena limpieza no pueda arreglar.

Le entregué la escoba.

—No dejes que te detenga.

Se ocupó de barrer y cepillar las telarañas, quitar el polvo y luego decidió lavar todo en la pequeña cocina con agua jabonosa antes de que desempacáramos el Jeep. No parecía oponerse al trabajo duro, y eso me gustaba. Simplemente se ocupó y acomodó algunas cosas.

Mientras él hacía todo eso, revisé el baño y el inodoro, me aseguré de que los tanques de agua estuvieran en buen estado y libres de bichos espeluznantes y no deseados. Herví un poco de agua en la cocina de gas para cocinar y cepillarnos los dientes. A media tarde ya teníamos nuestro campamento instalado.

Agotado, me dejé caer en la cama, pero Jeremiah acercó su caja de equipo y comenzó a sacar todo, haciendo un inventario y revisándolo todo. Cogió una pieza, una caja de algún tipo, luego otra. Lo colocó todo sobre la mesa, ordenado y metódico.

—Oye, Jeremiah —dije—. ¿Cómo te metiste en todo esto? Quiero decir, ¿por qué los rayos?

Se detuvo, sentado inmóvil durante unos largos segundos.

—Siempre me han fascinado —dijo en voz baja; frunció el ceño, casi con un estremecimiento, y su comportamiento cambió—. Desde que puedo recordar.

¡Qué extraña reacción!

No había forma de que esa fuera toda la verdad. Definitivamente había más en la historia de Jeremiah Overton de lo que estaba dejando ver.

Mmm.

Interesante.

CAPÍTULO CUATRO

JEREMIAH

TULLY ME GUSTABA. Probablemente más de lo que me gustaba la mayoría de la gente. Era un chico del tipo "lo que ves es lo que hay", y eso me agradaba. Tenía un sentido del humor salvaje que todavía no entendía del todo, pero era brillante y siempre sonriente. Completamente despreocupado.

Si el sol fuera una persona, sería Tully Larson.

Bueno, si el sol con un lado impredecible fuera una persona.

Pero no lo conocía lo suficientemente bien, o nada, en realidad, para contarle los entresijos de mi vida.

Cuando me preguntó por qué estudiaba rayos, le dije la verdad. Me habían fascinado. Mi vida entera. Eso no fue una mentira.

Afortunadamente no había preguntado por qué me fascinaban.

Simplemente tomó mi respuesta como un evangelio y siguió adelante. Tal vez no le importaba de ninguna manera. Tal vez solo estaba teniendo una conversación educada. Después de todo, estaríamos atrapados aquí solos, en medio de la nada, durante mucho tiempo.

—¿Para qué es eso? —preguntó Tully, levantándose de la cama y sentándose junto a la mesa.

Oh, santo cielo.

Suspiré.

—Y lo estábamos haciendo muy bien.

Sus ojos se clavaron en los míos.

—¿Qué quieres decir?

—Con la falta de preguntas. Lo estábamos haciendo muy bien.

Se rio y recogió el sistema de despliegue y lo miró.

—¿Para qué sirve este otro utensilio? ¿Parece un cilindro de gas?

Se lo quité y lo puse de nuevo sobre la mesa.

—Es un sistema de despliegue rápido. Se atornilla a la estación meteorológica automatizada, mide la velocidad del viento, la presión, las temperaturas.

—Genial. —Fue a coger el pequeño panel solar y lo tomé antes de que pudiera cogerlo—. Por favor, no toques. Este equipo es caro y es todo lo que tengo.

—No voy a romperlo —dijo haciendo un puchero como un niño.

La gente rara vez tenía la *intención* de romper cosas. Pero las cosas se caían por accidente, y las buenas intenciones no podían reparar el equipo roto, y ciertamente no podía permitirme reemplazar nada.

Saqué el ordenador portátil y lo abrí.

—¿Cuáles son las posibilidades de captar una señal decente aquí?

Tully resopló y levantó dos dedos.

—Pocas y ninguna.

Lo imaginaba.

—Está bien. Todavía puedo registrar datos. Y solo espero que no le pase nada a la unidad antes de que pueda enviarlos a la nube, eso es todo.

Tully se encogió de hombros.

—Podemos salir todas las mañanas si lo necesitas. Solo un par de kilómetros para ver si podemos obtener una mejor señal. Puedes cargar tus datos todos los días de esa manera.

Le sonreí, arrepintiéndome de cómo lo había regañado cuando solo estaba tratando de ayudar.

—Eso sería genial, gracias.

Encendí el ordenador portátil, registré la información de ubicación y, en unos momentos, la pantalla estaba llena de un radar meteorológico y estadísticas cambiantes.

—Oh, eso es genial —dijo Tully. Le lancé una mirada y él levantó las manos—. No voy a tocarlo. Muéstrame lo que hace.

—Es del satélite de operación geoestacionario —expliqué—. Hay satélites, cada uno equipado con GLM, que es *Geostationary Lightning Maps*, es decir, mapas de rayos geoestacionarios y que detectan las emisiones de luz de los rayos de nube a tierra y entre nubes que escapan de la nube y llegan al espacio. Esta tecnología ayuda a los pronosticadores de clima severo a identificar tormentas eléctricas que se intensifican rápidamente para que puedan emitir advertencias precisas y oportunas de tormentas fuertes y ciclones, por ejemplo.

Resopló.

—¿Y cuál es la explicación para tontos?

—Los satélites leen datos y rastrean tormentas eléctricas.

—Bien. ¿Por qué no dijiste eso?

—Lo dije.

—Te puedo asegurar que no lo dijiste.

Suspiré.

—Los radares de la oficina —dije cambiando de tema y cambiando de pestaña en el ordenador, mostrando un radar diferente—, son diferentes. Solo están leyendo datos alimentados desde estaciones meteorológicas locales en Darwin y Warruwi. —Miré los números—. Bueno, están tratando de hacerlo. Están buscando, pero va lento.

—¿Pero el radar? ¿Está actualizado?

—No. También va retrasado. —Revisé la caja del equipo y saqué un amplificador. Parecía una antena. Lo conecté al convertidor y luego lo conecté al ordenador portátil—. Necesito encontrar un lugar…

Él gimió.

—Aaagh, ¿por qué no dijiste que tenías un amplificador? Puedo ponerlo en el techo —dijo Tully sonriendo—. ¿Eso ayudaría?

—Bueno, en realidad ayudaría. Mucho.

Su rostro se iluminó, como si ser útil fuera su actividad favorita. Salió y miró hacia el techo, y yo lo seguí. Dios, el sol daba algo de calor, y la humedad era sofocante. El búnker estaba sorprendentemente fresco.

—¿Qué tal allá arriba? —dijo señalando la pendiente más alta del techo—. Déjame coger la escalera.

Encontró una escalera a un lado del búnker y la sostuve mientras subía cada escalón, sin mirar en absoluto sus musculosas piernas.

—Estoy muy contento de ver que hay pararrayos instalados —dije al ver las varillas de desvío de metal instaladas a lo largo de la cresta.

—Sí, se lo tomaron en serio cuando construyeron el refugio —dijo llegando a la cima—. Mierda, este techo está caliente —murmuró, pero sostuve el amplificador y sonrió mientras me lo quitaba—. Ve y mira la pantalla y dime cuándo la señal es mejor.

—El cable no es muy largo. Tendré que mover la mesa. ¡Lo siento! —Traté de darme prisa porque no quería que se quemara en el techo de zinc caliente, le di más cable. Movió el amplificador y revisé la pantalla.

—¿Que tal ahora? —preguntó.

Era mejor, pero aún no genial.

—No.

Tiro del cable un poco más y pude escucharlo moverse más a lo largo del techo.

—¿Qué tal aho…?

—¡Detente ahí! ¡Ahí está bien! —Volví a salir para poder verlo—. Está bien, en ese punto, gracias.

—Pasaremos el cable por la esquina para poder cerrar los alerones laterales si fuera necesario, y tendré que montar un soporte o una abrazadera —dijo—. Tan pronto como comiencen el viento y las tormentas, no se quedará quieto.

Empezó a bajar por la escalera y yo era muy consciente de lo remotos y aislados que estábamos aquí.

—Por favor, ten cuidado —le dije, otra vez, deliberadamente sin mirar sus piernas mientras bajaba.

Llegó al nivel del suelo y me sonreía, como si pudiera darse cuenta de que estaba haciendo un esfuerzo por desviar la mirada.

—¿Todo bien?

—Sí, simplemente no quería que te cayeras —dije ignorando la insinuación en su tono—. Puede que estés bien en una emergencia médica si yo soy el herido, pero si eres tú el que está herido y dependes de mí para estar tranquilo, calmado y sereno, seguramente estarás decepcionado. Y con mucho dolor.

Se rio y me dio una palmada en el hombro.

—Estarías bien. —Pero luego se puso a buscar madera y la tapa de un viejo contenedor de plástico en una fila de materiales desechados en el suelo al final del búnker. Encontró lo que buscaba, de alguna manera lo hizo funcionar, lo ató todo junto para hacer un pequeño dispositivo que parecía una balsa, se llevó a la boca algunas bridas más y volvió a subir la escalera.

Me puse al sol para tratar de ver lo que estaba haciendo, pero el calor directo fue demasiado para mí. Hubo algunos golpes, algunos murmullos y algunas maldiciones coloridas, luego una sonrisa victoriosa.

—Pásame mi teléfono.

Lo encontré en la cama y se lo pasé. Esta vez, cuando bajó, su sonrisa era aún más amplia.

—Solo llámame MacGyver —dijo mostrándome las fotos que acababa de tomar.

Allí, amarrada a la nervadura de metal en el techo, había una pequeña balsa de madera con mi amplificador amarrado a ella. Me hizo reír.

—Buen trabajo, MacGyver. —Entonces me di cuenta de lo sudoroso que estaba—. Entra y bebe un poco de agua fría.

—Sí, está haciendo mucho calor ahí fuera. También está oscureciendo en el noroeste. Calculo que la tormenta de esta tarde va a ser de las fuertes.

Revisé el radar en el ordenador portátil, viendo que ahora estaba en tiempo real, y lo giré para que pudiera ver la banda amarilla y roja moviéndose a través del mapa.

—Creo que tienes razón.

Juntó las manos.

—Oh, sí.

Era raro encontrar a alguien que compartiera mi entusiasmo, y me encontré sonriéndole.

—Necesito organizar mi equipo.

—Podría ayudar —dijo esperanzado—. Si se me permitieras tocar algo.

Puse los ojos en blanco, pero cedí.

—De acuerdo.

Esa sonrisa salvaje estaba de vuelta.

—Impresionante. Seré el mejor asistente de fulminólogo que jamás haya asistido en fulminología.

Suspiré, fingiendo estar molesto.

En realidad, era un poco dulce y divertido estar haciendo esto con otra persona. Llevaba tanto tiempo trabajando solo que no estaba acostumbrado a tener compañía en el campo.

Tully recogió la pequeña caja de metal.

—Está bien, entonces, ¿esto para qué sirve?

Suspiré de nuevo, de verdad esta vez, y traté de ser paciente con su curiosidad. Podría haber sido peor. Podría haber sido un verdadero idiota, o una persona horrible. Pero no lo era. Era amable y curioso.

Y guapo.

—Es la unidad de alojamiento para el registrador de datos, la fuente de alimentación y el módem para la estación automática. Impermeable, por supuesto.

Señaló algo más, habiendo aprendido a no tocarlo.

—¿Y esto?

—Es el sensor de radiación solar.

—¿Para qué es esta cámara?

—Es una unidad secundaria —expliqué—. La estación meteorológica automática tiene un alcance limitado, por lo que me gusta enfocar una segunda cámara en la propia unidad para que podamos ver el efecto de la tormenta desde ambas perspectivas.

La miraba completamente asombrado, emocionado.

—Es todo tan jodidamente interesante.

Me encontré sonriéndole de nuevo.

—Sí. Lo es.

LA TORMENTA se desató a las cuatro y cuarto, y aunque golpeó fuerte, fue un alivio. La humedad superó el 90% durante casi una hora antes de que comenzara, el sudor me corría por la espalda y me goteaba por la cara. Era casi insoportable.

Cuando Tully se quitó la camiseta, iba a quejarme, pero luego lo pensé mejor. No estaba haciendo daño a nadie, y después de todo, era para su comodidad.

Al menos eso fue lo que me dije a mí mismo.

No tenía nada que ver con su físico musculado, hombros anchos, pectorales y abdominales definidos, piel bronceada o el vello en el pecho.

No tenía nada que ver con eso, para nada.

Sigue diciéndote eso.

Bajamos un poco las paredes, no del todo, pero solo para que no entrara la lluvia. El diseño de este cobertizo era tan simple pero inteligente que era difícil no quedar impresionado. Soportó la tormenta como si no fuera más que una suave brisa, y no los treinta milímetros de agua que lanzaban los vientos a sesenta kilómetros por hora.

Los truenos retumbaron y estallaron, los relámpagos iluminaron el cielo con estelas brillantes e irregulares. Fue una exhibición decente y logré algunas grabaciones, pero no fue nada extraordinario.

Las lecturas eléctricas no fueron tan altas como me hubiera gustado, en su mayoría eran relámpagos, dentro de la nube, con poca actividad de nube a tierra, pero fue una buena prueba para una primera ejecución.

Una buena muestra de lo que estaba por venir, quizá.

Y fue bueno ver cómo reaccionó Tully. Estaba muy interesado en el radar y las lecturas, y lo que ambas cámaras registraban. El trueno retumbó en lo alto unas cuantas veces, lo suficientemente fuerte como para resonar en mis oídos. Las nubes estaban bajas y las lecturas de carga eléctrica eran constantes, lo que significaba que estábamos en medio de todo.

—¿Es eso alto? —gritó por encima del sonido de la lluvia.

Gesticulé con mi mano.

—No. Significa que estamos cerca, pero no es malo ni amenazante —expliqué—. Es bastante dócil.

Él asintió, pero su sonrisa seguía allí. Estaba bastante seguro de que le gustaban las tormentas. No le importaba la ciencia detrás de esto, solo le gustaba lo salvaje que era.

Cuando pasó la tormenta y amainó la lluvia, volvimos a abrir las paredes, dejando pasar la brisa. Estaba mucho más fresco ahora.

—Escucha ese ruido —dijo Tully mirando hacia los árboles.

No necesitaba aguzar mis oídos. Los sonidos del

bosque eran casi ensordecedores. Cigarras, ranas, pájaros cantaban una cacofonía de canciones.

—Es una buena señal, ¿verdad? —pregunté.

—Sí. ¿Sabías que los pájaros cantan un sonido diferente después de la lluvia que antes de la lluvia?

—No, no sabía eso.

—Es genial. —Se encogió de hombros—. Si sabes qué escuchar. Uno de los viejos que solía ir de cacería con mi padre nos lo dijo. Podía notar la diferencia en el canto de los pájaros. Yo no puedo. Pero también dijo que si no escuchas ningún pájaro antes de una fuerte tormenta —hizo un gesto hacia los árboles—, sabes que es hora de correr.

—Sí, he oído eso —admití—. Hice un estudio en América del Sur hace unos años. Los guías de campo decían lo mismo. Escucha el bosque.

Estaba claramente sorprendido.

—América del Sur, ¿eh? ¿Dónde más has estado cazando tormentas?

Cazando tormentas…

—Yo no cazo tormentas —dije. Sabía que no quería hacer daño, pero aun así… la generalización degradante dolía—. Estudio fulminología.

Tully se encogió de hombros.

—Entonces, ¿dónde más has estudiado la ciencia de la fulminología?

Ahora me sentía petulante.

—Solo dos lugares. Indonesia y América del Sur. Venezuela para ser exactos. Hay un lugar llamado Catatumbo…

—Ah, la Casa del Trueno —dijo Tully con una gran sonrisa—. Escuché que es increíble.

No sé por qué me sorprendió que lo supiera. Era un cazador de tormentas, después de todo.

—Sí, la exhibición de rayos es asombrosa. Es un fenómeno atmosférico que realmente hay que verlo para creerlo.

—¿Cuándo estuviste allí?

—Para mi tesis final, hice un estudio allí.

Tully suspiró.

—Debe ser increíble poder viajar por el mundo para ver todas las diferentes tormentas.

—Ciertamente no podía permitirme ir por mi cuenta. —No sabía por qué le estaba diciendo esto—. Lo mismo me pasó con esta expedición; obtuve una subvención a través de la oficina. Tuve mucha suerte…

—Sin embargo, sigue siendo emocionante.

Asentí.

—Sí, lo es.

—¿Y tu trabajo en la oficina? ¿Qué haces ahí?

—Meteorología de alto impacto, peligros de aviación, ciencia de radar y predicción inmediata, sistemas de pronóstico, posprocesamiento estadístico, verificación de pronóstico. Ese tipo de cosas. También hay una interacción de datos cruzados con el cambio climático y la variabilidad, con proyecciones y predicciones.

—Suena… aburrido.

Casi sonreí.

—Sirven para algo.

—Ah, vamos, tienes que admitir que las excursiones siempre son más divertidas que la teoría, ¿verdad?

—Nunca odié las lecciones de teoría.

—Por supuesto que no las odiaste. —Cuando miré en su dirección, me estaba sonriendo. Me resistí a suspirar, apenas. Su molesta sonrisa se ensanchó—. Así que —dijo —, ¿qué es lo que realmente esperas encontrar en este estudio? ¿Son solo rayos en general? ¿O hay una teoría específica que quieras probar?

—Quiero… —Lo intenté de nuevo—. La causalidad de las tormentas y la previsibilidad; un estudio que aumentaría la capacidad de predecir dónde caerá un rayo, y quizás la capacidad de dirigir el impacto a una ubicación más favorable, entre otras cosas. No solo para las medidas preventivas, sino también para una mejor comprensión de la actividad de los rayos en todo el mundo, lo que permitiría a los responsables políticos, las agencias gubernamentales y los departamentos de meteorología tomar decisiones más informadas relacionadas con el tiempo y el clima. —Esa línea bien ensayada sonaba plana, incluso para mis oídos—. Aunque mayormente eligen ignorar todo lo relacionado con el clima.

Su ceño se arrugó y la confusión cruzó sus ojos.

—¿No lo hacen ya? No el ignorar los datos climáticos. Eso ya lo sabemos. Sino las predicciones, con las varillas de metal en los edificios, como este. —Señaló el techo—. No ofrecen protección, como tal, sino que canalizan el impacto hacia un punto y desvían la corriente hacia el suelo.

Debería haber sabido que no podía engañarlo.

—Bueno, sí. Eso es correcto. Pero no estoy hablando de desviar los rayos que caen a un edificio. Estoy hablando de áreas densamente pobladas en general.

—Bueno, eso es genial. Pero, ¿para qué quieres estudiar realmente los rayos? —Sonrió, encantador y sexi—. No es la perorata que acabas de decirme que probablemente suavizó la administración de la solicitud de subvención de la facultad. ¿Qué estás estudiando realmente? ¿Qué te impulsa a viajar por el mundo persiguiendo rayos?

Mi mirada se dirigió hacia la suya, y la verdad salió de mi lengua.

—Quiero estudiar los efectos que tiene un rayo en el cuerpo humano. La causalidad, la previsibilidad, la razón… —Me detuve en seco y me obligué a respirar, reagrupar mis pensamientos—. Al estudiar los rayos, puedo comprender mejor los principios básicos de quién, qué, por qué y dónde caerán en el futuro.

Me miró fijamente, algo desconcertado. Luego se burló y negó con la cabeza.

—Por favor, dime que no vas a envolverte en papel de aluminio e ir a pararte en medio del claro con la esperanza de que te golpeen los rayos —dijo riéndose.

—No, por supuesto que no —murmuré—. No me voy a envolver en papel de aluminio.

Se rio, pero luego su sonrisa murió lentamente.

—Pero no vas a tratar de electrocutarte, ¿verdad? Con papel o sin papel.

Negué con la cabeza y me concentré en el ordenador portátil.

—Eso es absurdo. —Ignoré cómo me miraba—. Necesito completar mi informe.

—¿Jeremiah? —Su tono fue cortante con advertencia—. No te traje aquí en una misión suicida.

Levanté la vista de la pantalla y me giré para mirarlo.

—Bien. Porque no tengo la intención de morir.

—Pero tienes la intención de usarte a ti mismo como un experimento.

Y esa era una posibilidad que no podía negar.

CAPÍTULO CINCO

TULLY

JEREMIAH OVERTON ESTABA JODIDAMENTE LOCO.

Se dedicó a completar sus informes y hacer estadísticas y números mientras yo trataba de entender lo que acababa de decir.

Quería estudiar los efectos de los rayos en el cuerpo humano, y cuando le pregunté si tenía la intención de usarse como un conejo de prueba, no lo negó.

Cuanto más lo pensaba, más me molestaba.

—¿No es eso curiosidad morbosa? —pregunté—. ¿Querer saber qué le hace al cuerpo humano?

—Es una ciencia médica. La keraunomedicina es el estudio médico de las víctimas de rayos. —Se encogió de hombros.

—Entonces, ¿por qué no te convertiste en el otro tipo de doctor y no hiciste ese kera-nom-como lo llamaste medicina?

—Porque primero tendría que entender los rayos. Por eso hago esto. —Hizo una mueca y luego me soltó otra perorata bien practicada—. Para predecir mejor los rayos y posiblemente salvar vidas, primero tenemos que entenderlos, ¿verdad?

Mmm.

—Verdad.

Suponía.

—¿Por qué amas tanto las tormentas? —preguntó, girando la conversación hacia mí como si estuviera demostrando que yo también tenía una curiosidad morbosa.

—Te lo dije antes. Me encanta la ferocidad de ellas, estar completamente a merced de la naturaleza. Es aterrador y magnífico. Y es una tremenda descarga de adrenalina.

Levantó una ceja como si eso probara su punto, y no sé... tal vez lo probaba.

—¿No podrías simplemente hacer paracaidismo por esa emoción? —respondió.

—Podría. —Lo pensé por un tiempo—. Y estar aquí me recuerda a mi infancia, saliendo con mi padre, haciendo mi papel de chico salvaje. Así es como mi madre solía llamarlo.

Entonces frunció el ceño y se detuvo con la boca abierta, como si estuviera tratando de encontrar las palabras adecuadas. Pero al final, decidió no decir nada en absoluto.

Tal vez no estaba seguro de cómo hacer preguntas tan personales.

—Mi madre todavía lo llama mi papel de chico salvaje —agregué con la esperanza de que eso lo hiciera más fácil para él—. Todos los años, cuando vengo aquí, ella niega con la cabeza.

Recogió parte de su equipo, despejó la mitad de la

mesa, y se quedó en silencio tanto tiempo que me pregunté si me habría escuchado. Pero luego preguntó:

—¿Tienes hermanos y hermanas?

—Soy el menor de cuatro. Dos hermanos, Rowan y Ellis. Son diez y cuatro años mayores que yo. Y mi hermana Zoe. Ella es siete años mayor que yo. Estoy más cerca de Ellis. Los dos mayores se agruparon con las expectativas parentales de hacerse cargo del negocio familiar —dije con una sonrisa—. Es una broma. Todos trabajamos para la empresa familiar. Pero yo soy el más joven, el más mimado y claramente el favorito. También el más atractivo y el más divertido.

Sonrió, afortunadamente entendiendo que estaba bromeando.

—Y el más modesto, también veo.

Le sonreí.

—La modestia no es un rasgo familiar, lo siento. ¿Qué hay de tu familia? ¿Sois todos unos genios? ¿O también conseguiste todo el cerebro y la apariencia en tu familia?

Su sonrisa vaciló y volvió a su equipo, una pequeña caja negra en su mano aparentemente olvidada.

—Desde que tengo memoria, solo hemos sido mi padre y yo. Él… él, eh… —volvió a poner la caja en el cajón—. Él no entiende por qué hago lo que hago. Dice que, si soy tan inteligente, debería haberme convertido en doctor "de los de verdad". —Usó comillas en el aire y luego puso los ojos en blanco—. Dios, ¿te imaginas? Uno, odio la sangre. Y dos, no me gusta la gente. ¿Por qué diablos querría ayudarla?

Eso me hizo reír. Me alegré de que su mal humor no durara mucho.

—¿Así que *trabajas*? —preguntó—. ¿No eres solo un

chico afortunado que no tiene que trabajar y que puede ser un cazador de tormentas a tiempo completo?

Solté una carcajada.

—Me gustaría, pero sí, trabajo. Tengo flexibilidad. Como dije, es un negocio familiar, así que puedo tomarme el tiempo cuando quiero. Mientras me lo haya ganado. No soy un gorrón. Traté de serlo, pero no me dejaron.

Eso me ganó media sonrisa.

—¿Cuál es el negocio familiar?

—Envíos. Importaciones, exportaciones.

—Ah. Genial.

Algo en su tono me dijo que no creía que de ningún modo eso fuera agradable, y no estaba seguro de qué decir al respecto. Decidí que era necesario un cambio de tema.

—Entonces, si tu interés es en las personas que son alcanzadas por un rayo, ¿por qué no vas a donde ocurre la mayoría? Como África.

—Pareces tener la idea preconcebida y la noción altamente engañosa de que hay dinero en la academia que permitiría tales viajes.

Resoplé.

—Sabemos *por qué* ocurren los rayos —agregó—. La abundante humedad y el terreno montañoso ayudan a iniciar las tormentas eléctricas. Es por lo que lugares como África, América Central, Asia y Brunei experimentan las mayores densidades de tormentas por kilómetro cuadrado. Los patrones globales siguen la banda ecuatorial, más o menos. Tormentas tropicales, con altas temperaturas, mucha humedad; eso tiene sentido. Pero el rayo sigue siendo en gran parte una entidad desconocida. Creemos que lo entendemos, y podemos lidiar con la física de los rayos, pero es impredecible y peligroso, y...

—Y por eso te encanta.

Su mirada se cruzó con la mía.

—No me encanta. Lejos de eso. Solo quiero entenderlo. —Su voz era tranquila, tan segura y firme que no había nada que pudiera agregar. Se ocupó de mirar las lecturas de datos, así que encendí las velas de citronela y conecté los polos de vibración en las cuatro esquinas del cobertizo.

—¿Qué son? —preguntó Jeremiah mirándome.

—Ahuyentadores de criaturas —respondí—. Serpientes, mayormente. Los postes se clavan en el suelo como una estaca de tienda y emiten un pulso de vibración de baja frecuencia. Mantiene alejadas a las serpientes, pero también a los varanos y otros amigos no invitados. A las arañas tampoco les gusta mucho.

—Bien —dijo mirando sospechosamente hacia las vigas del techo, luego sus ojos se desviaron de nuevo a la cama —. ¿Y lo de la red?

—La bajamos por la noche. Los mosquitos son lo suficientemente grandes como para devorarte.

Hizo una mueca.

—Oh, genial.

Dejé una lata de repelente de insectos en aerosol sobre la mesa.

—Este es tu amigo. Apesta, pero funciona. —Lo dejé y comencé a preparar la cena—. Espero que te guste la carne y el arroz —dije—. Porque lo comeremos mucho.

—Ah, sí, en realidad, eso suena genial.

Había aprendido a cocinar el arroz y la carne de res en una sola olla en mi tiempo de campamento. Añadía algunas verduras o frijoles, y cuando me cansaba, añadía diferentes sabores y especias. Nunca me había gustado mucho la cocina. Solo necesitaba alimentarme lo suficiente de algo para sustentarme; nunca necesité nada elaborado. Jeremiah no parecía ser del tipo de platos exquisitos, pero después de una semana de comer lo mismo, podría no estar tan agradecido.

Cuando le entregué un tazón, lo tomó con una sonrisa.

—Oh, vaya. Gracias. —Engulló los primeros bocados como si se estuviera muriendo de hambre—. ¡Está muy rico!

Me reí.

—Veremos si dices eso al final de la semana.

Acabó su cena y me sorprendió lo mucho que pudo comer.

—Yo fregaré —dijo tomando mi cuenco vacío—. Es lo justo.

Lo observé en el fregadero improvisado por un rato, con el grifo de la bomba y teniendo que hervir agua en la estufa de gas, dejándole descubrir cómo usarla. Se las arregló muy bien.

—¿Cómo estuvieron los datos que recopilaste? —pregunté.

—Estuvieron bien. —Se secó la frente con la manga de la camiseta—. Dios, hace calor. La humedad es brutal.

Le sonreí.

—Sí. Te acostumbras.

—¿Has vivido en Darwin toda tu vida?

—Sí. Donde las únicas dos temporadas que tenemos son; caliente y jodidamente caliente.

Terminó de lavar, luego levantó el dobladillo de su camiseta para limpiarse la cara, dándome una gran vista de su cintura. Esbelto, incluso musculoso, lo que *no* esperaba, y un rastro de vello oscuro desde el ombligo hasta el...

Se aclaró la garganta.

Me encogí de hombros, ni un poco arrepentido.

—Si tienes calor, quítate la camiseta. Demonios, puedes quedarte en ropa interior. No me importa.

Hizo una mueca.

—Podría darme una ducha —murmuró llevándose rápidamente sus artículos de tocador y una toalla con él.

—Claro —respondí, aunque él no pareció escucharme.

Lo escuché murmurar para sí mismo, luego escuché el agua...

Y luego un grito que me levantó de la silla, corrí hacia la puerta. Jeremiah salió disparado del cubículo del baño, forcejeando con una toalla apenas envuelta alrededor de su cintura. Estaba pálido y jadeante, ahora de pie junto a la cama, tan lejos como podía estar del baño.

—¿Qué es? —pregunté cogiendo la escoba.

Negó con la cabeza.

Asomé la cabeza, mirando con cautela en el cubículo de la ducha, esperando ver una serpiente... solo para encontrar una rana arborícola verde bastante grande cerca del tanque de agua.

Volví a salir. Jeremiah se había puesto la toalla alrededor de la cintura, lo cual fue decepcionante, por decir lo menos. Todavía estaba pálido, con los ojos muy abiertos.

—¿La rana?

Sus fosas nasales se ensancharon, su mandíbula se apretó.

—Ellas tienen. Ventosas. ¡En sus patas!

Me hubiera reído si no pareciera que estaba a punto de vomitar.

—Por favor, deshazte de ella —dijo rápidamente—. No

me importa cómo o qué hagas con ella. Solo por favor deshazte de eso.

—Está bien —dije apoyando la escoba contra la pared. Recogí la rana, y caminando hacia el claro, la dejé ir—. Amiguito, ve a buscar otro lugar para llamar hogar.

Cuando volví al cobertizo, Jeremiah no se había movido. Cambiaba su peso de un pie al otro.

—¿Puedes revisar la ducha, por favor? En realidad, ¿sabes qué? No importa. Esperaré hasta mañana. En la luz del día. O tal vez simplemente no me ducharé durante toda nuestra estadía. Puedo pararme en la lluvia mañana. Está bien.

Tuve que morderme el labio inferior para dejar de sonreír.

—Revisé el tanque de agua antes —dije—. No había ranas en él. Debe haberse unido a ti.

Se estremeció.

—Déjame traer tus cosas —le dije recogiendo sus artículos de tocador y ropa, y me acerqué a él.

Tragó saliva mientras los tomaba.

—Gracias. —Luego levantó la barbilla, orgulloso y desafiante—. Estoy seguro de que tienes una broma o algo que te gustaría decir. Tal vez cantar la línea *"Jeremiah was a Bullfrog"*. No sería la primera vez que lo escucho.

Le di un apretón en el hombro, ignorando el hecho de que estaba muy desnudo debajo de esa toalla.

—No hay nada gracioso en las fobias —dije.

Sus ojos buscaron los míos, y tal vez estaba buscando el remate. Él no encontraría uno.

—Gracias —susurró sujetando su ropa.

—Tengo que decirlo, sin embargo —dije alegremente,

señalándolo de arriba abajo—. Estás más musculoso de lo que supuse que estaría un científico.

Me frunció el ceño y luego se volvió a poner la camiseta.

—¿Haces comentarios inapropiados a todos tus visitantes?

—Solo a los realmente sexis.

Me miró.

Me hizo reír.

—Es una broma. Ya te lo dije antes, nunca he traído a nadie aquí.

Refunfuñó por lo bajo, luego se puso los pantalones cortos debajo de la toalla y finalmente se la quitó. Seguía frunciéndome el ceño, pero suspiró.

—Bien... gracias por deshacerte de la... —Agitó su mano en dirección al baño.

—Ningún problema. Trataré de armar algo para ti mañana —dije—. Para evitar que cualquier invitado no deseado intente echarte un afortunado vistazo.

Claramente optó por no responder a eso.

—Bueno, si no te importa, tendré que cepillarme los dientes aquí.

—Está bien. Toma una taza del agua que herví antes y escúpela fuera.

—Oh. —Hizo un visible esfuerzo por recomponerse—. Buena idea.

Decidí tomar una ducha rápida, sin ranas, y salí usando solo mis bóxeres. Si mi falta de camiseta le molestaba, tendría que acostumbrarse. Hacía mucho calor.

Estaba desenrollando el mosquitero sobre la cama y se detuvo cuando me vio. Me miró, como lo hizo la noche anterior cuando me vestí con bóxeres para ir a la cama y como lo hizo cuando me quité la camiseta por la tarde.

Él podía negarlo todo lo que quisiera, pero yo sabía lo que veía.

Sus ojos en mí cuando pensaba que no estaba mirando. Se deleitaba en mi pecho, en mi espalda. Yo no estaba ciego, y no era estúpido.

Conocía la apreciación cuando la veía.

—Aquí —le dije, de pie al otro lado de la cama. Alcancé la red enrollada—. Déjame tener este lado.

Estaba callado y no habló mucho mientras nos preparábamos para ir a la cama. Se aseguró de que su almohada estuviera lo más separada posible, nuestros espacios para dormir estaban tan separados como lo permitía la cama. Se acomodó en el borde lo más alejado que pudo.

—Puedo dormir en el Jeep si lo prefieres —le ofrecí. Encendí mi linterna LED y apagué la luz del techo.

—No, está bien. No tendrías protección contra mosquitos y… —Tragó saliva—. Creo que te preferiría aquí. Si me despierto con un maldito varano pasando por nuestro campamento, te necesitaré cerca.

Me reí mientras me acostaba.

—Es bueno saber que soy bueno para algo.

Se acostó lentamente, rígido y tratando de no ocupar demasiado espacio.

—¿Alguna vez has compartido una cama con un hombre antes? —pregunté.

Volvió la cabeza de golpe para mirarme, sus ojos azules brillaban en la oscuridad.

—¿Que se supone que significa eso?

Resoplé y puse mis brazos detrás de mi cabeza.

—Solo preguntaba. Te ves petrificado, como si pensaras que estoy a punto de saltar sobre tus huesos o algo así.

—No lo estoy. —Se volvió para mirar al techo, resoplando indignado—. Y para tu información, he compartido una cama con… no es asunto tuyo.

Me reí. Lo sabía. Sabía por la forma en que me había estado mirando que se inclinaba hacia los hombres, o al menos sentía curiosidad.

—Bueno saberlo. Y para que conste, estamos empatados —dije—. Yo también he compartido una cama con un hombre antes.

Me di cuenta de que sus manos se cerraron en puños a su lado.

—Bueno eso es… bien por ti y no es asunto mío.

Él era tan fácil avergonzarlo. Me puse de lado para poder mirarlo, con un brazo debajo de mi cabeza.

—Está bien, así que es momento de preguntas súper importantes —dije.

Estaba en silencio y quieto, esperando…

—¿Cuál es tu dinosaurio favorito?

Miró al techo, parpadeó y luego me miró.

—¿Qué?

—Tu dinosaurio favorito —repetí—. Todos tenemos uno, simplemente no hablamos de eso.

—Umm —vaciló negando con la cabeza—. No sé. No he pensado en eso.

—¿Ni siquiera cuando eras un niño? Todos tienen un dinosaurio favorito cuando son niños. El mío es el Supersaurus. El dinosaurio más grande que jamás haya existido. La mayoría de la gente dice que el T-Rex o un raptor o algo así, porque son geniales. Pero el Supersaurus es tan pasado por alto, son enormes. Como jodidamente inmensos. Y mansos, y herbívoros. Y ya sabes, los T-Rex y los raptores son geniales en una forma ordinaria y violenta, supongo. Pero los buenos viejos gentiles gigantes están donde están. Imagina ser tan grande como un campo de fútbol y no elegir la violencia.

Cuando me giré para mirarlo, estaba sonriendo. Pero no dijo nada. Tal vez pensaba que era estúpido o infantil… lo que fuera.

Suspiré y cerré los ojos.

Jeremiah estaba callado y yo me estaba quedando dormido cuando habló.

—El Quetzalcóatlus. Era un pterosaurio, un dinosaurio volador. Tan alto como una jirafa con alas como un murciélago y un pico largo como una aguja y tan largo como un automóvil.

Lo miré.

—Jesucristo. Eso no es jodidamente aterrador.

Se rio, ahora más relajado, y yo sonreí mientras me dormía.

CAPÍTULO SEIS

JEREMIAH

TULLY SE PASÓ toda la mañana colocando una especie de red sobre la ducha y el depósito de agua que la alimentaba. Su preocupación por mi fobia a las ranas fue un cambio agradable al ridículo habitual que recibía, y fue un mal juicio de mi parte suponer que se habría reído de mí.

Tully no era como los demás.

No era como nadie que hubiera conocido.

Se enteró de mi fobia y solucionó el problema. Cuando supo que mi amplificador aéreo tendría que estar colocado sobre el techo, hizo un soporte para él y al estilo MacGyver lo fijó al techo. Simplemente se subió al tejado, golpeó e hizo ruido, maldijo un poco, cantó fuera de tono en un punto, pero solucionó mis problemas.

Sin solicitudes, sin razones, sin elogios.

Era increíblemente fácil estar cerca de él.

¿Y que me preguntara cuál era mi dinosaurio favorito? Fue tan inesperado y puramente un ejercicio para ayudarme a relajarme. No esperaba compartir una cama con mi guía en este viaje, y cuando me preguntó si había compartido una cama con un hombre antes él solo estaba buscando información. Claramente no había sido tan sigiloso al apreciar su torso sin camiseta como pensé que había sido.

Se había dado cuenta de que lo miraba, obviamente. Y quería saber qué significaba eso, porque...

Bueno, no estaba seguro de por qué.

Porque él había compartido una cama con hombres antes. Y no estaba hablando de acampar, eso estaba claro. No, me preguntó porque quería saber si yo era gay o bi o... ¿curioso?

¿O si me interesaría?

Hm.

Definitivamente no era mi tipo habitual. Siempre me encontraba en compañía de compañeros académicos, aquellos a los que conocía y con los que hablaba de ciencia, y a veces me los llevaba a mi cama o yo iba a la de ellos. Nunca fue nada más que un intercambio calculado.

Pero Tully era diferente. Salvaje, despreocupado, amable y divertido. Espléndido.

Y dormir a su lado había sido desconcertante.

Se había quedado dormido mucho antes que yo, y me encontré observándolo. La forma en que la noche iluminaba sus facciones: las ondas de su cabello, la elevación de sus pómulos, el fruncimiento de sus labios.

Incluso sonreía cuando soñaba.

Así que sí, esto presentaba un problema bastante peculiar. Porque si él quería saber si yo estaba interesado, no estaba seguro de poder mentir y decir que no.

Mi mente estaba ejecutando todo tipo de diagnósticos sobre ese escenario.

—¿Le pasa algo al ordenador portátil?

Su voz me sobresaltó.

—Ah, eh…

Dejé el bolígrafo sobre la mesa, ni siquiera me di cuenta de que lo estaba sosteniendo, y toqué la barra espaciadora del teclado. Me había ensimismado durante tanto tiempo que se había cerrado.

—No, está bien. ¿Ya has terminado?

—Sí —dijo bebiendo agua. Ya estaba sudando.

Y sin camisa.

La forma en que su pecho brillaba…

Cuando su sonrisa se amplió, supe que me habían pillado mirando de nuevo.

Maldita sea.

Sonrió mientras se llevaba la botella a los labios.

—La red está sobre el tanque de agua que alimenta la ducha. Esa agua sale del techo y la red de las canaletas debería ayudar, pero las ranas son unos bichos molestos. También agregué un poco de jabón para lavar platos al tanque para mantener alejados a los mosquitos. Las larvas pueden enfermarte, así que asegúrate de beber solo agua hervida.

Asentí.

—Sí, gracias. Y gracias por poner la red. Lo aprecio mucho.

—No hay problema. —Él asintió hacia el baño—. Puedes darte una ducha ahora. Libre de anfibios, lo prometo.

Hice una mueca ante el recuerdo de anoche. La gran cosa verde y viscosa estaba lista para saltar…

Pero una ducha sonaba bien.

Tomé mis artículos de tocador y la toalla y después de

una inspección minuciosa del cubículo de la ducha, antes de desnudarme esta vez, me duché.

No había agua caliente. No era necesario. El agua estaba tibia a temperatura ambiente, pero se sentía bien para quitarme el sudor y la suciedad, y después me sentí más despierto. Me puse los mismos pantalones cortos con una camiseta limpia y colgué la toalla en el respaldo de una silla.

Ahora estaba listo para concentrarme y no dejarme distraer por cierto hombre sin camisa que ahora estaba holgazaneando en el medio de la cama, leyendo algo en su teléfono.

—Los dioses de la red brillan sobre nosotros. Tenemos una barra. —Giró su teléfono para mostrarme el radar en su pantalla—. De tus estimados colegas en la Oficina de Meteorología, la tormenta de esta tarde comenzará alrededor de las tres y media. Sin embargo, no hay mucha actividad donde estamos, a menos que quieras ir un poco al norte. Solo para la tormenta.

Revisé el ordenador portátil y, efectivamente, la información del satélite meteorológico transmitió información similar.

—¿Qué tal es el camino hacia el norte? —pregunté.

Giró sobre su costado, se apoyó en un codo y me lanzó esa sonrisa que me decía que el camino era un infierno.

Así que reformulé mi pregunta.

—¿Es peor que la pista de cerdos por la que bajamos de la montaña?

—No. Mayormente es llano. A unos diez kilómetros de aquí nos encontramos con el río South Alligator.

—¿Alligator? ¿Te refieres a Caimanes?

—Aquí no hay caimanes. La gente que hizo los mapas

para el hombre blanco hace mucho tiempo, no podía distinguir la diferencia entre caimanes y cocodrilos.

—Pero hay cocodrilos —murmuré. Porque claro que los habría.

—Seguiremos el curso del río y después gira hacia el norte, y eso es lo más lejos que podemos llegar. Sin barco.

Hice una mueca. No era un fan de los barcos.

Pero confiaba en Tully. Claro, era un poco salvaje, pero había estado viniendo aquí durante años. No haría nada innecesariamente imprudente.

—Está bien, hagámoslo.

Saltó de la cama y juntó las manos, esa ridícula sonrisa ahora era una gran sonrisa.

Me estaba empezando a gustar su sonrisa, y si mi cerebro tuviera una sirena de advertencia meteorológica como la que tenía mi equipo, estaría sonando a todo volumen, con luces rojas parpadeando.

Porque su sonrisa era contagiosa, y la chispa en sus ojos producía sensaciones absurdas en mi barriga. Y la parte lógica de mi cerebro sabía que me estaba metiendo en problemas, pero a mi corazón no parecía importarle.

CUANDO TULLY DIJO que el camino hacia el norte era mayormente llano, tenía razón en parte. Gradualmente hablando, sí. Pero plano como liso, no.

El camino era otra pista, y aunque no subimos más colinas o crestas, estaba lleno de hoyos, socavones y barrancos, todos llenos de diferentes profundidades de lodo y agua. Los manejó con pericia mientras yo saltaba, sujetado al Jeep solo por mi agarre con los nudillos blancos en la barra de oh-mierda.

Rebotamos, nos deslizamos y aceleramos nuestro camino hacia el norte hasta el río tal como él había dicho. Era sorprendentemente bonito y se movía más rápido de lo que pensé.

—Normalmente no es tan caudaloso —dijo—. En la estación seca, podríamos atravesarlo conduciendo aquí. Y para el final de la temporada de lluvias, donde estamos ahora, estaríamos dos metros bajo el agua.

Jesús.

Luego señaló el río que teníamos delante.

—¿Ves eso?

¿Qué?

Busqué en el agua, sin saber qué buscar. Teniendo una idea clara de lo que iba a decir y temiéndolo a la misma vez… y luego vi un cocodrilo deslizarse desde la orilla hacia el agua, a solo treinta metros frente a nosotros.

—Ay, dios mío.

Él sonrió.

—Esos son los troncos que muerden. No querrás tocarlos.

Puse los ojos en blanco y traté de exhalar. Mis manos ahora estaban entumecidas por agarrarme tan fuerte. Quería preguntar qué haríamos si nos quedáramos tirados aquí, pero no confiaba en mi voz para hablar.

Y estaba bastante seguro de que no quería saberlo.

—Estarás bien —dijo, su sonrisa no era tan reconfortante ahora.

Siguió el río a lo largo, en dirección norte, lo que significaba que, dado que estaba en el lado izquierdo del Jeep, estaba más cerca del río todo el camino. Vi algunos cocodrilos más, en su mayoría solo ondas en el río y troncos de apariencia sospechosa que se hundían lentamente bajo la superficie mientras pasábamos. Pero también había una variedad de aves que pululaban por los árboles y volaban por encima. Entonces, a pesar de lo aterradores que eran los cocodrilos, la temporada de lluvias también traía consigo una vida renovada.

Todo era muy hermoso.

Muy pronto, el río comenzó a desviarse hacia el noroeste, dirigiéndose sin duda al océano, y el camino en el que íbamos giró hacia el noreste. Cuanto más avanzábamos, más nos alejábamos de los cocodrilos, pero también mejor era el estado de la carretera.

—¿Qué te parece este camino? —preguntó Tully por encima del sonido del motor.

—Mucho mejor —respondí—. No me dan ganas de vomitar.

Se rio, porque por supuesto que lo haría.

Poco después redujo la velocidad y tomó un giro que conducía a través de una espesa maleza con agua salobre pantanosa a ambos lados del camino que, afortunadamente, llegaba a su final natural en un gran claro. Apagó el motor y saltó.

—Aquí es, hemos llegado.

—¿Aquí?

Miró a su alrededor.

—Seguro. Creo que, según tu mapa súper tonto, esto nos pondrá justo en el camino de tu tormenta.

El área en sí era casi tan grande como un campo de fútbol y ciertamente no podría haber sido despejada de forma natural.

—¿Qué es este lugar?

—Estoy bastante seguro de que era un sitio de prueba de minería —dijo sacando el equipo del Jeep.

Me molestó que permitieran tales cosas en los parques nacionales, pero tal vez esa era una conversación para otro momento.

—Sí, lo sé —agregó Tully, poniendo la caja de mi equipo en el suelo—. No me hagas empezar con eso. Aparentemente, el dinero de las corporaciones mineras habla un idioma diferente.

No debí haber sido capaz de ocultar mi molestia tanto como pensaba, pero me alegraba que tuviéramos opiniones similares.

—Hm, sí, completamente de acuerdo. —Resoplé, limpiándome el sudor de la frente—. Jesús, hoy hace un calor sofocante.

—La humedad es asesina. —Tully me dio una botella de agua—. Mantente hidratado.

Tenía puesta una camiseta, probablemente para proteger su piel del sol directo, y se le pegaba de la mejor manera… hasta que me di cuenta de que la mía también se me pegaba. Abaniqué el dobladillo, tratando de que se moviera algo de aire.

—Puedes quitártela —dijo Tully asintiendo hacia mi pecho—. Tu camiseta. No me importará.

Resoplé y limpié mi cara con la mitad inferior de mi camiseta.

—No, gracias. No es que sea un mojigato. Soy propenso a las quemaduras solares y prefiero no enfermarme.

Su sonrisa era astuta y libertina.

—Puedo aplicar protector solar por todas partes. Es mi

deber como tu guía, ya sabes. Para asegurarme de que no te quemes.

—Estoy bien, gracias —dije ignorando la emoción que me dio su oferta.

¿Estaba coqueteando?

Dios, creo que está coqueteando.

Caminó hacia mí, estudiando mi rostro.

—¿Ya estás quemado? Tienes las mejillas enrojecidas.

Eso no fue coquetear. Eso fue condescendiente.

Lo fulminé con la mirada.

—Estoy acalorado y molesto, eso es todo.

Él sonrió.

—Puedo ayudar con eso también.

Jesús.

Cogí el trípode de la estación meteorológica portátil y se lo puse en las manos.

—Por favor, toma eso.

—¿A dónde?

—El extremo más alejado del claro.

Él resopló.

—¿Estás tratando de deshacerte de mí?

—Sí.

—Solo estaba siendo útil.

—Serías mucho más útil si clavaras eso en el suelo… —Señalé el otro extremo del campo—. Allí.

Se fue con un puchero, que era tan bonito como su sonrisa, y cuando estaba fuera del alcance del oído, dejé escapar un suspiro.

¿Qué se le había metido?

Estaba lleno de indirectas e insinuaciones. Me preguntó si alguna vez había dormido en la misma cama que un hombre. Quería que me quitara la camiseta. Quería untar protector solar en mi cuerpo…

Oh, Dios. ¿Estaba realmente coqueteando?

¿De verdad?

Lo observé alejarse hasta el otro extremo del campo. Sus anchos hombros, su largo cabello castaño rubio, sus piernas musculosas.

No, no era mi tipo habitual.

Pero maldita sea, podría serlo...

—¿Es esto lo suficientemente lejos? —gritó.

Había recorrido alrededor del 75% de la distancia, pero no importaba. Solo necesitaba un momento sin él cerca para tratar de aclarar mi mente. Le di un pulgar hacia arriba y me puse a configurar mi ordenador portátil. El radar del satélite estaba retrasado, parpadeando intermitentemente.

—Maldita sea.

—Oh, puedo decirte cuándo llegará y qué tan grande será —dijo Tully caminando de vuelta. Mostró esa sonrisa radiante a partes iguales entre molesta y no molesta.

Lo miré con los ojos entrecerrados.

—¿Qué?

—La tormenta —dijo. Luego señaló hacia el cielo, sobre la hilera de árboles en la dirección por la que habíamos venido—. No necesito ningún radar para eso. ¿No puedes sentir la caída de presión?

Hice un balance de mí mismo.

—Yo, eh... Estaba ocupado.

Estaba ocupado pensando en ti.

Tully metió la mano en la parte trasera del Jeep.

—Ayúdame a poner la capota.

Cerré el ordenador portátil y lo ayudé a levantar el

techo y sujetarlo en su lugar, lo que hizo con mucha más facilidad que yo. Para cuando terminé, él había recogido mi caja y la había puesto en la parte de atrás.

—Vamos, conduciremos hasta el otro extremo para verla entrar. Está soplando desde el este, empujada hacia atrás por el aire cálido del océano del norte. ¿Y sabes lo que eso significa…?

—Bueno, sé lo que significa cuando el aire frío se encuentra con el aire caliente en un frente de baja presión —dije—. Pero en relación con tus puntos direccionales del este y el norte, dado que no soy de aquí, no estoy muy familiarizado.

Se rio, y después de que pasamos el trípode que había clavado en el suelo, detuvo el Jeep.

—Las tormentas del este tienden a volverse un poco salvajes.

Un escalofrío me recorrió. No solo por su estúpida sonrisa y la chispa en sus ojos, sino por la mención de una tormenta salvaje.

En ese momento se levantó el viento, haciéndonos girar en la dirección por la que habíamos venido. Y efectivamente, por encima de la línea de árboles, hacia el este, había un frente de nubes. Oscuro, burbujeante y en ebullición, con suaves destellos de relámpagos dentro de las nubes, como si alguien hubiera llenado un frasco con bolas de algodón negro y luces de hadas.

—Es hermoso —dije.

Los cielos respondieron con un trueno tan fuerte, tan cerca, que se sintió como un golpe físico.

—¡Jesús! —gritó Tully, agachándose.

Me reí y salí del Jeep para configurar la cámara.

Oh, sí. Esto es por lo que estaba aquí. Esto: la emoción

de una tormenta, la velocidad, los elementos tan cerca que casi podrías tocarlos.

Definitivamente podía olerlos. Podía saborear el ozono, el cobre en mi lengua.

Estaba tan cerca.

Más truenos resonaron y los relámpagos rompieron las nubes a lo largo de venas, y me apresuré para asegurarme de que él había anclado el trípode correctamente, para asegurarme de que la cámara apuntaba en la dirección correcta.

El anemómetro giraba más rápido ahora, el viento alborotaba mi cabello.

—Abre mi ordenador portátil —le grité a Tully. Pero miré hacia atrás para ver que ya lo tenía abierto en el tablero del Jeep. Me gustó que supiera qué hacer, que estuviera tan metido en esto como yo…

Un rayo estalló con el estruendo de un trueno justo en el frente del claro.

—¡Santa mierda! ¿Lo sentiste?

—¡Sí! —No estaba seguro de cómo, dada la emoción, la adrenalina pura, me temblaban las manos.

Los cielos estaban oscuros mientras la tormenta avanzaba hacia nosotros, una cortina de lluvia avanzaba a través del claro como un batallón blindado.

Otro rayo partió el cielo.

—¡Sube al maldito coche! —gritó Tully—. ¡Jeremiah, ahora!

Como si fuera toda la advertencia que necesitaba, llegué al asiento del pasajero justo antes de que la pared de agua nos cubriera. El viento silbaba, alborotando todo lo que nos rodeaba. El trueno retumbaba constantemente, bajo y amenazante, con estruendos ocasionales para enfatizar. Los relámpagos bailaban sobre nosotros, a nuestro alrededor, en una asombrosa demostración de poder. Rayos intranubes, nube a tierra, láminas que iluminan el cielo oscurecido.

Tully se asomó por encima del volante, mirando hacia arriba y hacia afuera. Los destellos de los relámpagos un efecto estroboscópico en el Jeep, mostrándome destellos de su rostro, de su sonrisa, de la mirada de asombro. Cómo se reía cada vez que un rayo atravesaba las nubes, el cielo.

Hizo que mi corazón se acelerara por otra razón.

Tal vez era la tormenta. Tal vez era la emoción, la adrenalina, el poder de todo, y tal vez era porque lo estaba experimentando con él…

Estaba empezando a pensar que no necesitaba un sistema de alerta interno para saber que podría estar en problemas.

Creía que ya lo sabía.

CAPÍTULO SIETE

TULLY

ESTABA OSCURECIENDO cuando regresamos al campamento. Jeremiah se puso a trabajar directamente, conectó su ordenador portátil y vio qué datos había recopilado.

La tormenta había sido buena, y me alegré de haber hecho el esfuerzo de interponernos en su camino.

Pero algo era diferente en Jeremiah. Durante la tormenta y después de ella.

Poder sentarme con él en el Jeep, en un espacio tan reducido, mientras la tormenta montaba un gran espectáculo fue revelador, por decir lo menos. Algo en él cambiaba cuando había un rayo. No era emoción o regocijo como hubiera pensado. Tampoco era una actitud estudiosa de no perder ningún dato.

Había una calma en él. Serenidad, casi. Como si estuviera tratando de filtrarlo a través de su piel.

Revisó su reloj inteligente, anotando todo tipo de cosas en un cuaderno, separado de los datos de su computadora portátil. También lo había notado haciendo eso después de la tormenta de anoche, pero no había pensado mucho en ello.

—¿Qué estás escribiendo?

Me miró, el bolígrafo en su mano olvidado.

—Oh, esto… esto es solo para mí. No es realmente trabajo, como tal.

Miré su reloj.

—¿Mides tus signos vitales durante una tormenta?

Abrió la boca, luego la cerró y levantó la barbilla.

—Es solo para mí. Mis datos, no para la oficina ni para ningún registro público. Solo me interesa saber, como nota al margen. Eso es todo.

—Eso es totalmente genial —le dije, sin saber por qué estaba tan cauteloso al respecto—. Antes dijiste que te interesaba saber qué le hacía al cuerpo humano. Que escribas esa mierda no es una gran sorpresa.

—Sí, bueno —dijo dejando su bolígrafo y cerrando su cuaderno—. Algunas personas piensan que es estúpido y que socava nuestra investigación real.

Ah. Claramente un compañero de trabajo o colega con complejo de superioridad.

—Ah, que se joda quien haya dicho eso —dije—. No hay reglas para lo que encuentras fascinante. Solo supervisores.

Su mirada se dirigió a la mía. Tan jodidamente azul.

—Bueno, sí. Supervisores que me mantienen en la nómina.

—Oh. *Ese* tipo de supervisores.

Él se rio.

—Sí, el único.

—Bueno, aparte de los jefes engreídos, lo que investigas en tu propio tiempo no tiene nada que ver con ellos.

Es muy conveniente, y tal vez un poco coincidente, que puedas cotejar tus datos personales al mismo tiempo que cotejas los de ellos.

Su sonrisa perduró y murió, de la misma manera que se desvanece una puesta de sol; hermosa y lenta, la luz dando paso a la oscuridad.

—No soy particularmente popular en el trabajo —dijo en voz baja—. Todos piensan que soy un poco... extraño. Creo que espeluznante fue la palabra utilizada en una evaluación una vez.

—¿Espeluznante? ¿Qué demonios? No eres espeluznante.

Su ceja se movió hacia arriba en una señal reveladora de que no estaba de acuerdo conmigo. O que otros lo estuvieran, al menos.

—Sin embargo, aprendí una valiosa lección —dijo—. No revelar mis intereses personales en nuestro campo de estudio, ni revelar mi orientación sexual. He estado sin un compañero de campo desde entonces. Así que lo que aprendí es a básicamente hacer el trabajo por el que me pagan y callarme.

Fruncí el ceño y me senté en la cama con un profundo suspiro.

—Bueno, siento mucho lo que pasó. Y que los jodan. En ambos casos. Tus razones para estudiar meteorología y rayos son tuyas. Todo el mundo tiene diferentes razones para hacer lo que sea que haga. Y sobre el otro tema... bueno, no es asunto de nadie a quién llevas a casa. —Luego, en broma, agregué—: A menos que te estuvieras tirando a alguien en la oficina en horario de trabajo.

Me reí, porque era una broma, pero luego me lanzó una mirada que decía...

—¡Oh, mierda, de ninguna manera! —Solté una carcajada—. ¿Te tiraste a alguien en la oficina?

Sus mejillas se pusieron rojas y murmuró algo en su cuaderno.

—¿Qué dijiste? —pregunté—. No lo entendí del todo.

—No fue en el trabajo —dijo indignado—. Fue alguien en una convención de meteorología, que técnicamente era tiempo de trabajo. —La comisura de su boca bajó—. En la convención, en un cubículo en el baño de hombres.

Me reí durante dos minutos completos.

—¡Mierda, Jeremiah, perro astuto! Eso es genial. —Lo estudié, su yo nerd y sexi, con el cuerpo musculado y el cerebro gigante de doctor—. Tengo que decir que estoy orgulloso. Y un poco celoso.

Su mirada se dirigió hacia la mía.

—Celoso. ¿De quién?

Resoplé.

—¿De quién? *Quiééén*. ¿Cómo que de quién?

—Celoso de que te soltaras en una convención del trabajo. En las cabinas de baño. Celoso de que hayas hecho eso y yo no. —Me encogí de hombros sin una pizca de vergüenza—. Y celoso del hombre con el que estabas allí. Porque maldita sea, Jeremiah, eso es jodidamente caliente.

Sus mejillas se volvieron de un rosa increíble, al igual que las puntas de sus orejas. Se aclaró la garganta.

—Sí bueno, mi jefe no lo creyó así. Me las arreglé para salir del cubículo y salir del armario al mismo tiempo. Mi jefe y otros dos administradores estatales estaban en el lavabo, lavándose las manos.

Me reí de nuevo, sosteniendo mi estómago.

—Esa es la mejor historia que he escuchado. ¿Por qué no tuviste una estrategia para salir del cubículo?

Me miró.

—¿Estrategia? Ni siquiera teníamos una estrategia para entrar al cubículo. Hicimos contacto visual en el bar, yo necesitaba usar el baño, él me siguió. Todavía no estoy seguro de cómo sucedió.

Me reí de nuevo, esta vez agarrando su almohada.

—Dios, eso lo hace mucho mejor.

—No veo cómo.

—¿Lo volviste a ver?

—Una vez, en la misma convención al año siguiente. Evité todo contacto visual, en caso de que supusiera que era otra invitación. No quería que me despidieran.

—Eso es perfecto.

Suspiró y empujó su cuaderno más cerca de su ordenador portátil.

—Recibí una amonestación disciplinaria.

Me reí de nuevo.

—Valió la pena por completo.

Y allí mismo apareció el atisbo de una sonrisa. Pero optó por no decir nada.

Después de un momento de silencio, asentí a su cuaderno.

—Entonces, ¿qué escribes? ¿Solo información de tu reloj, como frecuencia cardíaca y esas cosas?

Hizo una pausa, como si estuviera sopesando si decírmelo o no.

—Sí. Controla la frecuencia cardíaca, como la mayoría de los relojes inteligentes, supongo. No es del tipo caro, pero también tengo una aplicación que va más allá.

—Ooh, eso es genial. ¿Cuánto más allá?

—Pulsos eléctricos —respondió un poco crípticamente—. Pero no está calibrado y no puedo usarlo como teoría real porque no está certificado. Es solo mi curiosidad.

—Los efectos que tienen los rayos en el cuerpo humano.

Sus ojos azules se clavaron en los míos.

—Sí.

—Deberíamos conseguir uno de esos aparatos que usan los deportistas. ¿Sabes cómo atan esas bandas alrededor de sus pechos? Podríamos conectarte totalmente y realizar pruebas reales. Tiene que haber doctores que hagan estos seguimientos. —Entonces hice una mueca—. Quiero decir médicos profesionales. —Entonces hice una mueca más fuerte—. Lo siento.

Puso los ojos en blanco.

—Los hay.

—¿Y?

—No pueden tolerar mis experimentos debido al riesgo.

—Pero eres un fulminólogo —repliqué—. El riesgo está implícito. Sería como si un médico no escuchara a un piloto sobre los efectos de una cabina presurizada en vuelos de larga distancia.

Sonrió.

—Tomo los datos de todos modos. Para mi propia satisfacción.

—Bueno, creo que eso es increíblemente genial.

Sonrió. Una verdadera sonrisa esta vez.

—Gracias.

—Y hablo en serio sobre el tema del monitor cardíaco. —Porque eso era interesante, y genial—. Deberíamos probarlo.

—Me gustaría hacerme análisis de sangre —agregó—.

Y me gustaría hacer un estudio de pulso eléctrico en el cerebro mientras estoy de pie bajo una tormenta eléctrica.

Yyyyy dimos un pequeño paso lateral de lo genial a un territorio extraño.

—Um. ¿Por qué?

Su rostro se estremeció, luego se suavizó mientras se recomponía. Su comportamiento cambió. Levantó la barbilla.

—Estudiar los efectos de los rayos en el cuerpo humano.

Negué con la cabeza.

—No, ¿por qué quieres realmente hacerlo? No solo una respuesta general que has ensayado para tus colegas engreídos. ¿Por qué? La verdadera razón.

—Porque el cuerpo humano funciona con impulsos eléctricos. El cerebro, el corazón, cada célula. Tiene que afectarnos más de lo que creemos.

—Pero los médicos han estudiado a personas que han sido alcanzadas por un rayo —dije—. Tienen problemas cardíacos, problemas de órganos, ceguera, sordera.

—Soy consciente de eso, sí.

—¿Crees que la gente desarrolla súper poderes? —pregunté bromeando—. ¿Cómo Thor?

No pensó que eso fuera gracioso. Me frunció el ceño.

Lo estudié, su rostro cauteloso.

—¿Qué más estás buscando Jeremiah? Debes tener algo que creas que está ahí. —Entonces me di cuenta—. Estás buscando pruebas.

Se estremeció.

—No estoy *buscando* pruebas. *Soy* la prueba.

Le di vueltas a sus palabras en mi cabeza.

Soy la prueba.

Jesucristo.

—¿Te ha alcanzado un rayo?

Esos ojos azules me clavaron, fuego zafiro, antes de que apartara la mirada.

—Indirectamente. Pero sí.

Dios.

—¿Cuándo?

—Tenía dos años.

—Ay, dios mío. ¿Cómo...? ¿Qué mierda, Jeremiah? Dios mío, ¿qué pasó?

Estuvo en silencio durante unos largos segundos, los sonidos de la noche se hicieron fuertes en el silencio. Grillos, cigarras, pájaros, el viento, todo instándolo a hablar.

—Estaba en un cochecito —murmuró—. Mi madre me empujaba. Fue una extraña tormenta por la tarde en la ciudad. Corría hacia el tranvía bajo la lluvia cuando un rayo cayó sobre la línea del tranvía. Su pie estaba sobre el metal...

Santa mierda.

Santa jodida mierda.

Podía ver la imagen en mi cabeza y el metraje, porque lo había visto. Todo el país lo había visto. Fue captado por una cámara de seguridad en Collins Street, Melbourne. Hacía muchos años. Recordaba esta historia... Recordaba cómo brilló un relámpago, saltaron chispas de los cables del tranvía, y una mujer en la carretera fue golpeada, su cuerpo cayó de lado como si le hubieran disparado, su cochecito rodando lentamente.

Ese video todavía era famoso. Todavía se reproducía, todavía se usaba para propagar mensajes de seguridad contra tormentas hasta el día de hoy.

Cristo todopoderoso.

—¿Ese eras tú?

De espaldas a mí ahora, sus hombros se hundieron y asintió.

—Dios, Jeremiah, lo siento mucho.

—Dijeron que no me lastimé porque el cochecito tenía ruedas de goma —dijo con voz distante y tranquila—. Tenía dos años. No puedo recordarlo, así que tal vez fue el metraje. —Se volvió hacia mí entonces—. Tal vez ver las imágenes una y otra vez ha implantado falsos recuerdos en mi mente o en mi imaginación. No sé. Es extraño porque las imágenes son desde un ángulo diferente en mis recuerdos, así que no puedo estar seguro. ¿Supongo que lo has visto?

Asentí.

—En la calle Collins.

—Recuerdo el rostro de mi madre cuando la golpeó. Solo un fugaz momento de sorpresa antes de que ella cayera. —Se encogió de hombros—. En mi memoria, no está lloviendo. Pero en las imágenes, está lloviendo. Y en mi memoria, estoy frente a ella, pero en las imágenes no. Así que solo puedo asumir que son solo recuerdos falsos. Puesto allí por las fotografías que tiene mi padre, y ese maldito video.

Me acerqué a él y puse mi mano en su brazo.

—Lo siento mucho.

—Toda mi vida ha sido moldeada por un rayo.

—Es por lo que estás tan impulsado a entenderlo. Eso tiene sentido. Yo también quiero entenderlo.

Inhaló profundamente y dejó escapar el aire en un suspiro.

—Los médicos dijeron que tuve mucha suerte. El

retorno y la descarga lateral me alcanzaron, pero salí ileso. Más o menos. Pero lo que le hizo a mi madre…

No recordaba ninguno de los detalles espantosos. Quizá se dieron a conocer en su momento, pero no después. En las imágenes, después, solo se mostraba su cuerpo cubierto con una sábana.

—Jeremiah —susurré deslizando mi mano hasta su hombro y dándole un apretón—. No es necesario que me expliques nada. Los imbéciles con los que trabajas pueden pensar que eres raro por tratar de aprender más, pero en todo caso, creo que ahora te entiendo mejor. ¿Cómo es posible que no quisieras saberlo?

Sus ojos buscaron los míos, tal vez buscando sinceridad. Esperaba que la encontrara. Hablaba en serio.

—Si quieres ayuda para tratar de aprender más, te ayudaré —le ofrecí—. Es fascinante para mí.

La esquina de su boca se levantó solo una fracción.

—¿No crees que estoy loco? ¿El chico raro del rayo?

—Si tú eres el chico raro de los rayos, entonces yo soy el chico raro que persigue tormentas. Todos los que conozco piensan que tengo algunos perros sueltos en el potrero superior, si sabes a lo que me refiero.

Entonces sonrió.

—Gracias.

—Quiero decir, tenemos que estar un poco desquiciados para hacer lo que hacemos —cedí—. Pero, en el lado positivo, el hecho de que sepamos que esto es un poco loco demuestra que en realidad no estamos locos, ¿verdad?

—Exacto.

—Quiero decir, en realidad no quieres envolverte en papel de aluminio e ir a pararte en medio de una tormenta eléctrica, así que creo que estamos muy por delante de la locura real.

Él se rio y suspiró.

—Si alguna vez tengo ganas, te lo haré saber.

—Buen plan. —Le di un pequeño apretón a su hombro—. Está bien, así que ahora que tenemos todo eso fuera del camino, dime lo que escribes en tu pequeño cuaderno secreto. Echemos un vistazo a tus datos.

CAPÍTULO OCHO

TULLY no se burló de mí. De hecho, estaba interesado en mis hallazgos y quería más análisis. Me hizo ayudarlo a preparar la cena y me hizo todo tipo de preguntas.

Sabía de mi madre y no me hizo preguntas insensibles. De hecho, no me hizo ninguna pregunta sobre ese tema, y me alegré. Dijo que había visto las imágenes, casi todos en el planeta las había visto, y tal vez eso era todo lo que necesitaba saber.

Hizo que me gustara aún más.

Sin mencionar que había discutido abiertamente que me atraparan teniendo "interacciones privadas" con un colega masculino, y él ni siquiera parpadeó. De hecho, lo había encontrado hilarante. Habíamos eludido la conversación de "dormir alguna vez con un hombre en tu cama", lo cual admitió abiertamente haber hecho.

Pero conocía a Tully Larson desde hacía tres días y él conocía mis secretos más profundos y oscuros. Nadie en mi vida real sabía estas cosas sobre mí después de tres días, algunos nunca. Pero era tan fácil hablar con él.

Tal vez porque esto era solo temporal.

Tal vez porque cuando esto terminara y volviera a Melbourne, nunca lo volvería a ver.

Revelar secretos a extraños era mucho más fácil.

Me sentía más libre que en mucho tiempo. Era mi verdadero y honesto yo con él, y eso me dijo más sobre mi relación con Tully que cualquier análisis.

Confiaba en él.

Y confiaba en muy poca gente.

Incluso meterme en la cama con él fue diferente esta noche. No había torpeza, ni timidez. Estaba sin camiseta y no me opuse.

Era increíblemente sexi.

Y era increíblemente curioso. No había dejado de hacer preguntas todavía.

Las luces estaban apagadas, el mosquitero de la cama estaba bajado y yo acababa de acostarme con la sábana hasta la cintura.

Él estaba sentado en la cama, con las piernas entrecruzadas, su rodilla casi tocándome. Llevaba nada más que pantalones cortos de dormir holgados que revelaban demasiado y no lo suficiente.

—Entonces, si consiguiéramos uno de esos lectores de electrocardiogramas que los deportistas usan en su pecho —dijo—, podemos obtener mejores lecturas. ¿Hay algún tipo de lector de cerebro que sea portátil? Seré el conejillo de indias si quieres. Pégame esas ventosas circulares en la cabeza y veamos qué sucede.

—Recuerdas que actualmente estamos en medio de la nada, ¿verdad? ¿De dónde propones que consigamos esos aparatos?

Hizo una mueca.

—Bueno, solo estoy pensando en voz alta. Si realmente quisieras, podríamos recoger y regresar a Darwin. Solo nos llevaría uno o dos días y podríamos volver.

Sonreí ante su entusiasmo.

—Creo que los datos de frecuencia cardíaca de mi reloj serán suficientes por ahora, pero gracias.

—Bueno, la próxima vez que salgas, tendremos el equipo adecuado y podremos hacerlo.

—¿La próxima vez? —Por mucho que me gustara como sonaba eso, no era probable—. Dudo mucho que mi departamento apruebe otra subvención para que venga aquí.

—Sin embargo, tienes vacaciones, ¿verdad? ¿Cómo cuatro semanas al año?

—Bueno, sí, pero…

—Pero ¿qué?

—Pero no tengo exactamente los fondos para hacer esto de nuevo. No… —Suspiré—. No gano un gran salario.

Frunció el ceño, un triste puchero, luego se encogió de hombros.

—Sólo necesitarías los billetes de avión. Tengo el resto. Voy a estar aquí de todos modos. No tiene costo extra tenerte aquí. La comida, el combustible, el agua, tengo que traer todo eso estés aquí o no.

No estaba seguro de qué decir a eso. La oferta, la invitación, fue muy generosa. Muy amable, y un poco prematura.

Se acostó con un resoplido.

—Si no quieres, está bien. Ha sido un poco agradable tener algo de compañía. Especialmente alguien a quien le gustan las tormentas tanto como a mí. Normalmente estoy aquí por una o dos semanas por mi cuenta, que es como siempre me ha gustado. Traje a mi hermano una vez, y quería matarlo para el segundo día. No hace falta que te diga que fue la primera y última vez que lo traje.

Resoplé.

—Podrías haber arrojado su cuerpo al río con los cocodrilos. Nadie lo hubiera sabido jamás.

Me empujó con el codo.

—¡Le dije eso! Pero no pensó que fuera divertido y me hizo llevarlo a casa. Les contó a nuestros padres lo que le dije.

Me reí, y el cálido estruendo de su risa llenó algo dentro de mí.

—Me gustaría volver —admití—. No es que no quiera, es solo que… sabes. Dinero.

—Mmm. —Lo sentí encogerse de hombros—. Está bien.

—Estaré pagando mis deudas de la universidad para siempre —murmuré.

—Hiciste muchos años, ¿verdad? ¿Para ser un doctor?

—Para obtener mi doctorado —corregí suavemente—. Sí. Conseguí una beca parcial durante los primeros cuatro años. Hubo becas y otras ayudas después, pero fue difícil. Mi padre nunca entendió por qué elegí la meteorología y la fulminología. Quiero decir, sabe por qué, obviamente. Pero no estaba de acuerdo con eso. Cree que intento traer de vuelta a mi madre o algo así. Como si lo que estoy estudiando honrara su memoria, pero no fue por lo que lo elegí. No es por lo que lo hago.

—Lo haces porque te cambió la vida. Ese día cuando tenías dos años. Te puso en un cierto camino.

Asentí, mi corazón floreciendo con la calidez de que él lo entendiera.

—Exactamente. Y nunca tuvimos mucho dinero. Papá hacía lo que podía, pero ese día, su vida también cambió para siempre y ciertamente no para mejor. Creo que le molestan los rayos. Los odia. Y lo entiendo —admití—. Dijo que, si soy tan inteligente, debería haber usado mi cerebro para ser un médico de verdad o un ingeniero o algo que gane mucho dinero. Él no entiende por qué querría elegir estar arruinado toda mi vida cuando tenía la opción de no estarlo.

Tully se puso de costado, con la cabeza apoyada en la mano. Estaba cerca, después de todo, compartíamos una pequeña cama doble, y su rostro se veía de un azul plateado en la oscuridad.

—Los padres solo quieren lo que creen que es mejor para nosotros. Pero eso no es lo que eres —dijo—. Y deberías estar orgulloso de haber seguido tu corazón. No muchos tienen el coraje de hacer eso. Caen bajo la presión de hacer lo que se supone que deben. Al igual que yo, trabajo en un negocio familiar en el que no tengo ningún interés real. Pero es un trabajo cómodo y paga bien, bueno, pagan bien porque soy de la familia. Soy bueno en mi trabajo, hago cosas, produzco los números que hacen felices a las personas, y me dicen que soy muy bueno en eso. Pero no amo mi trabajo. No vivo para ello. Mi hermano mayor y mi hermana aman lo que hacen. Viven y respiran esa mierda, y los hace felices, muy bien por ellos. Pero para mí, es solo un trabajo.

—Un trabajo que te da tiempo libre durante la temporada de tormentas para acampar aquí durante semanas.

Él sonrió, sus dientes blancos en la oscuridad.

—Exactamente.

Entonces algo entre nosotros cambió. El aire, la presión,

la carga eléctrica entre los dos, y no tenía nada que ver con el clima.

Me miró y no pude apartar la mirada. Su mirada se sentía como láseres quemando todo a su paso. Se lamió los labios y yo jadeé, o gemí, o… me incliné. O tal vez fue él quien se inclinó. La oscuridad me desorientaba, o tal vez era el hecho de que no había respirado en uno o dos minutos…

Luego parpadeó y se echó hacia atrás, sacudiendo un poco la cabeza.

—Oh, vaya, sí, está bien —dijo cayendo sobre su espalda con un resoplido—. Eso probablemente no debería suceder. —Giró la cabeza para mirarme—. Tus ojos son real e increíblemente azules y siento que me estoy cayendo al agua o algo así.

Tuve que poner mi mano en mi pecho para tratar de calmar mi corazón martilleante.

—Ah, sí, me lo han dicho mucho. —Negué con la cabeza—. No sobre lo de caer al agua. Eso es nuevo. Pero sí, azul.

—Pero son de un azul raro. Como extrañamente azul. ¿Eso es por el rayo?

Me burlé.

—¿Qué?

—Como un súper poder de ser golpeado por un rayo. ¿Eres secretamente un miembro de X-Men? ¿Puedes disparar rayos láser por tus ojos?

Suspiré, pero me alegré de que estuviera bromeando. Pensé que podría haber hablado en serio…

—Estoy bastante seguro de que ese es Cíclope, y no, no soy él. O cualquier miembro de los X-Men.

—Lástima.

—Sí, en realidad no.

Él se rio.

—Así que casi te beso—dijo con un suspiro, como si estuviera discutiendo algo completamente mundano—. Solo en caso de que no lo supieras.

Mi pulso estaba acelerado, mi corazón en mi garganta. Tuve que tragar para poder hablar.

—Eh, podría haberme dado cuenta de eso.

—Pero no es algo que hayamos discutido, y personalmente encuentro el consentimiento extremadamente sexi.

Mi pulso ahora estaba entrecortado.

—Casi tan sexi como tú —agregó con mucha indiferencia. Podría haber estado discutiendo sobre su pasta de dientes favorita. Suspiró de nuevo—. Casi. Quiero decir, tienes un cuerpo increíble debajo de todo ese empollón de la ciencia.

Mi reloj sonó.

Pieza de tecnología traidora…

—¿Para qué es esa alarma? —preguntó Tully, agarrando mi muñeca. Traté de apartar mi mano, pero él la levantó para poder leer la pantalla—. ¿Qué significa eso?

—Nada —espeté.

—Dice que debes tomar un descanso. Pero no estás haciendo nada.

—Debe necesitar reiniciarse —dije liberando mi brazo de su agarre. Busqué a tientas la correa del reloj.

Tully se rio, rodando sobre su costado, de alguna manera más cerca ahora. Su pecho tocaba mi brazo, su cara tan cerca de la mía. Demasiado cerca de la mía. Él sonrió y se mordió el labio inferior entre los dientes.

Mi reloj volvió a sonar antes de que pudiera quitármelo.

—¿Tu reloj me está diciendo algo? —preguntó.

—Odio tu estúpida sonrisa —dije dejando mi reloj en el suelo junto a la cama.

Tully se rio, un sonido cálido y retumbante que estaba demasiado cerca.

—Si tu ritmo cardíaco está acelerado, estás emocionado o aterrorizado. ¿Cuál de los dos es?

Ambos.

—Ninguno.

Arrastró su dedo índice por mi pecho, deteniéndose en la base de mi garganta.

—No te creo. Pero… —Rodó sobre su espalda con un resoplido—. …como dije, el consentimiento es mi juego previo. Sin luz verde, no sigo.

Mi corazón latía tan fuerte contra mis costillas que me dolía, y tuve que fingir que podía respirar normalmente. Pero no podía hablar.

Rodó sobre su otro lado, dando la espalda.

—Buenas noches, Jeremiah.

Quería decirle que sí. Quería extender la mano y tocarlo, traerlo de regreso a donde había estado cuando estaba tan cerca que podía sentir el calor de su cuerpo.

Pero todavía no podía formar las palabras, y entonces dejé pasar demasiado tiempo para decir nada.

Ni siquiera buenas noches.

TULLY ESTABA LEVANTADO y fuera de la cama cuando me desperté. No me sorprendió, pero me dolió. No quería que las cosas fueran incómodas entre nosotros.

No sabía lo que quería entre nosotros.

¿Una aventura rápida? ¿Un compañero sexual durante mi estadía?

Ciertamente no estaría lastimando a nadie.

A menos que tuviera a alguien en casa que pudiera resultar herido…

Me senté en la cama, con los pies en el suelo y me rasqué la cabeza. Tully regresaba caminando por el claro, espantando una mosca. Sin camisa, su piel radiante bajo el sol de la mañana con un brillo de sudor...

A mi polla ciertamente le gustó, no ayudado por el hecho de que necesitaba orinar. Corrí al baño antes de que se acercara más para que no pudiera ver la tienda de campaña en mis calzoncillos, pero no quería que pensara que me estaba escondiendo de él.

—Buenos días —grité antes de cerrar la puerta del baño.

—Oh, se ha levantado la bella durmiente —dijo—. ¿Quieres desayunar?

—Ah, claro.

Me alegraba que las cosas parecieran ser normales entre nosotros, me di una ducha muy rápida y me cepillé los dientes. Y mientras me estaba secando y poniéndome los pantalones cortos, tuve un pensamiento.

Quería que supiera que estaba bien con lo que había dicho anoche. Y en realidad, apreciaba que preguntara. Podría haberme besado y, sinceramente, lo habría dejado. Dios, anoche le habría dejado hacer lo que quisiera conmigo. Pero él quería preguntar primero. Necesitaba saber si yo estaba a bordo, dándome el control total.

Y eso me gustó mucho.

Respetaba esa forma de pensar.

Me hizo querer decir que sí. Lo que trajo a colación

toda una nueva serie de problemas porque era poco probable que me lo pidiera una segunda vez, así que ahora me tocaba a mí dar el primer paso.

Si quisiera que pasara algo entre nosotros...

Lo cual quería.

Bueno, mi libido lo quería. Mi pene estaba medio duro de nuevo al pensar en ello; la ducha fría claramente no había sido lo suficientemente fría.

Entonces, ¿cómo diablos hacía esto?

Con mi camiseta en la mano, me miré a mí mismo. Dijo que no le importaría si iba sin camiseta, y hoy ya hacía calor...

Entonces, antes de perder los nervios, salí del baño y dejé mi camiseta en mi bolso.

Tully tenía una sartén con huevos revueltos en la mano, pero estaba quieto, mirándome con la boca abierta.

Traté de no sonreír mientras me ponía el reloj de nuevo.

—Estás a punto de perder tus huevos.

Cerró la boca de golpe y enderezó la sartén.

—Oh, veo a lo que estás jugando, señor científico sexi.

Miré mi estómago y pasé mis manos por mis abdominales y pectorales.

—¿Qué? Hoy hace un calor infernal.

—Acaba de ponerse mucho más caliente.

Resoplé, secretamente complacido por su reacción.

—Tú no usas camiseta y dijiste que yo podía hacer lo mismo.

—También te diría que no tienes que usar pantalones cortos, pero estoy bastante seguro de que no manejaría eso. —Miró hacia mi entrepierna—. Quiero decir, casi no los estás usando tal como están.

—¿Qué quieres decir?

—Están tan bajos que sé exactamente a dónde va tu rastro feliz.

Jadeé y me subí los pantalones cortos.

—Son simplemente viejos. El elástico no es muy bueno.

Y el material ahora estaba un poco desgastado. De acuerdo, tal vez *muy* desgastado porque Tully todavía los miraba fijamente.

—¿Llevabas estos cuando aquel hombre te siguió hasta el baño? Porque honestamente, puedo ver por qué no pudo resistirse.

Doblé la cintura elástica para tratar de mantenerlos arriba.

Puso la sartén sobre el fogón y se quedó mirando mi entrepierna.

—Jesús, maldito Cristo, ¿vas a comando ahora mismo?

Cubrí mi pene con mis manos.

—¿Qué estás mirando?

Se dio la vuelta para no mirar, con las manos en la cabeza.

—¿Estás *tratando* de matarme?

—No me gusta la ropa interior —le dije—. Nunca la usé mucho mientras crecía, y se me enrollaba en... —Resoplé—. Si pudiéramos dejar de hablar de mis genitales, sería genial.

Giró la cabeza, sus ojos se dispararon hacia los míos.

—No es mi culpa que vinieras aquí desnudo.

—¡No estoy desnudo!

—Bien podrías estarlo.

—Puedo cambiar mis pantalones cortos por algo más apropiado, si lo prefieres.

—No preferiría eso. —Agitó su mano arriba y abajo

hacia mí—. Prefiero esto, muchas gracias. Solo adviértele a un chico la próxima vez.

Ahora me sentía mal y terriblemente cohibido. Mi plan para tal vez tentarlo un poco se había pasado de la raya. Fui a mi bolsa, recogí mi camiseta y rápidamente me la puse.

—Oyeee —gritó Tully—. No puedes mostrarme un regalo sin envolver y luego volver a envolverlo. Así no es cómo funciona esto. Quítate la camiseta.

Negué con la cabeza y, con la esperanza de pasar de esta conversación vergonzosa, saqué dos platos.

—Lo siento. ¿Quieres que te ayude a servir los huevos? Tienen buena pinta.

Me frunció el ceño.

—Camiseta, calificación de una estrella. No lo recomiendo. —Luego miró mis pantalones cortos—. Los pantalones cortos, en cambio, cinco estrellas. Muy recomendables. En realidad, el hecho de que la camiseta ahora oculte la parte delantera de los pantalones cortos hace que la camiseta tenga estrellas negativas.

—Las estrellas negativas no existen.

Levantó una ceja, su mirada descendió hasta mi entrepierna y volvió a subir a mis ojos.

—Oh, te aseguro que existen.

Cogí la sartén de delante de él y serví los huevos.

—Gracias por preparar el desayuno.

Hizo un puchero.

—Todavía estoy triste.

Puse los ojos en blanco y me reí, contento de que toda la incomodidad se hubiera ido. Recogí después del desayuno y nos pusimos a trabajar.

Hacia las dos de la tarde hacía un calor tan insoportable y tanta humedad que no podía resistirlo. Me quité la camiseta y me sequé el sudor de la cara y el pecho con ella. Cuando miré a Tully, me sonreía como un niño en la mañana de Navidad.

—Cállate —me quejé—. Hace demasiado calor.

Me miró, deliberadamente, de la cabeza a los pies y viceversa, deteniéndose a mitad de camino y negando con la cabeza.

—Y cada segundo hace más calor. —Se encogió de hombros sin vergüenza—. No estoy bromeando, la temperatura en realidad está subiendo. —Giró el ordenador portátil para que lo pudiera mirar—. Y la humedad va a llegar a un punto límite antes de que termine la hora. Esta tormenta de aquí. —Señaló la gran banda de color rojo y púrpura—. Va a ser una de las buenas.

Me encontré sonriéndole.

—Excelente. Será mejor que prepare mi equipo. —Fui a mi bolsa y rebusqué por el protector solar y me unté un poco en la cara y el pecho. Podría haber sido cruel y probablemente estar fuera de lugar, pero le entregué el tubo y me di la vuelta, hablándole por encima del hombro—. ¿Puedes echarme un poco, por favor?

Resopló con falsa molestia. O tal vez era real, no estaba seguro.

—Si tengo que hacerlo. Quiero decir, ahora me estás dando un regalo sin envolver, me estás dejando tocarlo — dijo untando protector solar en mi hombro y frotándolo con movimientos fuertes y firmes—. Pero todavía no puedo jugar con él.

Mi corazón dio un vuelco y mi vientre se abalanzó. Entonces mi puto reloj volvió a sonar y él se rio. Estaba tan cerca que su aliento era cálido en mi piel, sus manos ahora frotaban protector solar por mi columna.

—Puedes fingir todo lo que quieras —susurró—. Pero tu ritmo cardíaco no miente.

—La aplicación debe estar fallando —dije, y tal vez eso hubiera sido convincente si mi voz no hubiera sonado áspera.

Se rio entre dientes detrás de mí, sus manos ahora recorriendo mis costados, las yemas de los dedos clavándose.

Hoy, no usar calzoncillos había sido un gran error.

Me aclaré la garganta y di un paso adelante, alejándome de él. Me volví a medias, sin dejar que viera el problema de la tienda de campaña a comando que tenía en el frente.

—Gracias —dije, y luego salí al sol abrasador y la humedad sofocante.

Treinta segundos de esa tortura y ya no tenía una erección. Pequeñas misericordias, suponía.

Revisé la estación meteorológica automática en el claro, asegurándome de que todo seguía intacto y funcionando, luego miré las nubes que se acumulaban. De nuevo venía un frente desde el este; un muro oscuro y amenazador de la madre naturaleza se nos venía encima.

Se sentía como si el aire se incendiara antes de que lloviera. Como si una chispa de un rayo pudiera iluminar todo el cielo como un fósforo a la gasolina.

Regresé al cobertizo, asombrado por la diferencia de temperatura en el interior.

—¿Qué tan jodidamente caliente está ahí afuera? Los trópicos son brutales.

Tully no parecía demasiado perturbado.

—Te acostumbras. —Luego asintió hacia mi entrepierna y se encogió de hombros—. Pero podrías quitarte los pantalones cortos si tienes demasiado calor.

Me resistí a poner los ojos en blanco.

Pero luego habló en serio. Se acercó con una botella de agua y la presionó contra mi esternón.

—Bebe agua y toma duchas frías si sientes que te estás sobrecalentando. —Y luego volvió a ser Tully; se quedó mirando mi pecho y abdominales y negó con la cabeza—. Maldita sea, Jeremiah. ¿Cómo lo haces? ¿Cuál es tu rutina?

—¿Mi rutina para qué?

—En el gimnasio.

—No voy al gimnasio. —Hice una mueca—. Donde hay otras personas, todas sudorosas y presumidas. Es desagradable.

Me dio una sonrisa juguetona, y estaba esperando que mi reloj me traicionara, pero afortunadamente no lo hizo.

—¿Entonces haces ejercicio en casa?

—No hago ejercicio. —Bueno, eso no era exactamente cierto—. Nado. Por ninguna otra razón más que me aclara la cabeza. Y es solitario. Nadie puede hablarme mientras doy vueltas.

Se rio, sus ojos se iluminaron con algo que no fui lo suficientemente valiente como para nombrar.

—Me haces reír.

—Me alegro de que te divierta.

—Ah, no seas así —dijo dándome un suave empujón—. Eres… —Me miró a los ojos y negó con la cabeza—. Como nadie que haya conocido antes.

—Solo puedo suponer que fue porque no frecuentas convenciones científicas o bibliotecas.

—Ay.

Me encogí de hombros. Eso era cierto.

Una gota de sudor eligió ese momento para correr desde mi sien, bajando por mi mandíbula y cuello, y por supuesto él la miró con ojos intensos. Entonces, encontrando fuego con fuego, abrí la botella de agua, me la llevé a los labios y bebí.

Observó mi boca y mi garganta mientras tragaba, sus ojos oscuros, sus labios entreabiertos.

Me pasé el dorso de la mano por la boca para ocultar mi sonrisa y le ofrecí la botella.

—¿Quieres un poco?

Sus fosas nasales se ensancharon.

—Eres un hombre cruel.

Le sonreí.

—No sé de qué estás hablando. Si no quieres el agua, simplemente di que no.

Entrecerró los ojos hacia mí y agarró la botella, luego dio un paso atrás antes de darse la vuelta y alejarse.

—Cristo, hace calor aquí.

Apreté los labios para no sonreír demasiado. Esto era un poco divertido. Sabía cómo terminaría; era por lo que lo estaba haciendo. No había venido aquí esperando tal cosa, era lo último que esperaba, la verdad, ¿pero ahora que era una posibilidad?

Terminar con un revolcón en esa pequeña cama doble con un hombre hermoso no sería terrible. Si él estaba dispuesto...

Y *estaba* dispuesto.

Entonces recordé algo. Antes de llevar esto más lejos…

Fui a mi ordenador portátil, rastreando la tormenta, fingiendo estar muy interesado en ella.

—Entonces —evadí, tratando de mantener la indiferencia que él llevaba tan bien—. ¿Alguien en Darwin en tu lista de contactos de emergencia que deba conocer?

Me miró entrecerrando los ojos, confundido.

—¿Contacto de emergencia? —Luego vino a ver el radar—. ¿Qué peligrosidad tendrá esta tormenta?

—No, no es tan mala. Quiero decir, es una buena. Hay una advertencia de viento junto con altas precipitaciones y una advertencia de inundación repentina para algunas partes. Actividad de rayos decente.

Tully me miró.

—¿Por qué preguntaste sobre mi contacto de emergencia? Eso es algo aleatorio y totalmente extraño de preguntar, no voy a mentir.

—No, no es eso, es solo… —Negué con la cabeza y miré hacia el cielo oscurecido en su lugar—. Es bueno saber si algo sucediera, a quién debo llamar, eso es todo. Como alguien que se enfadaría si te hirieras.

—Oh, Dios mío —susurró. Yyyyy luego sonrió—. ¿Estás tratando de preguntarme si estoy viendo a alguien?

Mis ojos se dirigieron hacia los suyos.

Él rio.

—¡Eso haces!

El trueno sonó fuera.

—Quieres saber si estoy saliendo con alguien. De eso se trata todo esto. Quitarte la camiseta. Pedirme que te ponga protector solar en la espalda. Beber agua como una estrella porno.

—No bebí esa agua como una estrella porno.

—Lo hiciste jodidamente así.

—¿Qué tipo de pornografía ves?

—No intentes cambiar de tema.

Sentí un sabor demasiado familiar en mi boca y me lamí los labios, traté de tragarlo.

—Necesito un poco de agua.

De repente serio, me entregó la botella.

—¿Por qué haces eso? También lo hiciste el otro día. Como si algo supiera mal antes de que llueva.

Tomé un sorbo de agua, agitándola en mi boca a pesar de que sabía que no ayudaría.

—No antes de que llueva. Antes del rayo.

Sus ojos se encontraron con los míos.

—¿Qué?

—Sé cuándo está a punto de caer un rayo —dije—. Porque puedo saborearlo.

—Puedes saborearlo —susurró, no una pregunta, pero esto era generalmente cuando la gente pensaba que era raro. Como él ahora. Podía verlo en su rostro.

—Es un sabor metálico. Cobre, para ser exactos. —Traté de tragar el sabor en mi lengua, como si la mención lo empeorara—. No es agradable. Pero es común —dije—. En personas que han sido alcanzadas por un rayo.

Sus ojos buscaron los míos y una lenta sonrisa se dibujó en su rostro. Está bien, entonces tal vez no pensaba que yo era raro.

—¡Eso es jodidamente genial!

CAPÍTULO NUEVE
TULLY

EL TRUENO SONÓ JUSTO ENCIMA de nosotros, asustándome mucho.

—¡Jesús! —Me agaché por instinto.

Jeremiah ni siquiera se inmutó.

Podía saborear el rayo.

Bueno, no un rayo *real*. Pero podía saborear cuando estaba cerca.

Eso era lo más increíble que jamás había escuchado.

Realmente no se parecía a nadie que hubiera conocido antes.

Y él estaba siendo todo tipo de cosas raras todo el día. Después de lo de anoche, probablemente no podía culparlo. Casi lo besé. Demonios, al acostarme en la cama con él tan cerca y tan malditamente sexi, besarlo no era todo lo que quería hacer.

Pero no respondió cuando le pregunté, y cualquier cosa que no sea un sí directo es un no.

Así que me di la vuelta y me fui a dormir, decepcionado, pero no enfadado por eso.

Entonces hoy, se despertó con una agenda, claramente.

¿Quizá era su forma de responderme con un sí?

Tratando de ser todo seductor y provocativo. Primero, estando sin camiseta. Luego pidiéndome que le aplicara protector solar, lo cual era tan cliché como increíble. Y el incidente de la botella de agua. Cristo todopoderoso.

Estaba jugando un juego peligroso.

Y entonces, ¡entonces!, me preguntó si salía con alguien. No directamente, pero eso es lo que estaba insinuando.

—Soy soltero —le dije casualmente—. Y considerando que soy bisexual, pensarías que tengo el doble de opciones, pero no. Aparentemente, es doblemente imposible salir conmigo.

Levantó la vista de su ordenador portátil, me miró de arriba abajo y volvió al ordenador portátil.

—Me parece difícil de creer.

—¿Por qué?

Me hizo un gesto, como si esa fuera su respuesta.

—Te ves como el hijo del amor de Patrick Swayze y Chris Hemsworth.

Resoplé.

—No puedo evitar eso.

—Sí, porque sería muy problemático. —Puso ojos en blanco.

—Lo que es problemático es que paso mis fines de semana acampando, y cada día vacaciones que tengo, persigo tormentas. No tengo problemas de compromiso. Solo estoy comprometido con las cosas equivocadas. Aparentemente.

Sonrió, sin dejar de mirar la pantalla.

—Parece que has escuchado eso un par de veces.

—Así es.

Sus ojos azules buscaron los míos.

—Entonces estás saliendo con las personas equivocadas.

Uf.

Esos ojos y esas palabras.

Maldición.

—¿Y tú qué? ¿Ves a alguien? Probablemente debería haberte preguntado eso antes de que casi te besara anoche. Aunque, en términos generales, pedí permiso si podía besarte por lo que cubriría eso, ¿verdad?

Sus mejillas florecieron con rubor. O tal vez fue el calor.

Su reloj emitió ese sonido de advertencia. Ignorándolo, se dirigió a su ordenador portátil.

—Está bien, está llegando, necesitamos ejecutar la actividad dentro de la nube —dijo.

—¿Tu reloj funciona correctamente ahora? ¿O sigue fallando?

Me lanzó una mirada dura.

—Es curioso cómo sólo falla cuando estoy a tu lado —le dije—. Casi como si mi presencia hiciera que tu ritmo cardíaco se disparara.

Pulsó algunas teclas de su teclado.

—¿Cuál es tu lectura? —preguntó, ignorando mi puya por completo.

Miré la pantalla, sin saber qué quería. No sabía leer nada de esto.

—¿Los pulsos de amplitud?

—El análisis espaciotemporal de los pulsos del campo de radiación —murmuró, volviendo la pantalla hacia él. Sus ojos escanearon los datos y asintió—. Deberíamos obtener algunas buenas lecturas. —Luego volvió a hacer eso de saborear su propia boca, como si algo supiera mal.

¡Y bum!

Un trueno estalló justo encima de nosotros y un relámpago iluminó el cielo.

Realmente podía saborearlo.

Una gran ráfaga de viento trajo consigo el olor a lluvia, y luego las nubes se abrieron, arrojando gotas gruesas y pesadas.

—Mierda —dije corriendo para cerrar la pared lateral—. El viento la está metiendo. —Parte de nuestro equipo se mojó, bolsas y ropa, pero tendríamos que lidiar con eso más tarde. Jeremiah ayudó con el otro lado y conseguimos bajar la pared, para evitar que la lluvia entrara al menos lateralmente.

El viento rugía alrededor del cobertizo, la lluvia caía a cántaros, los truenos eran un estruendo ensordecedor constante, y los rayos estallaban a nuestro alrededor.

Jeremiah volvió corriendo a su equipo de grabación, luego se inclinó, mirando la pantalla con los ojos entrecerrados.

—Mierda —dijo—. El anemómetro debe haberse caído de la estación.

Luego, como un idiota que no piensa en su propia conservación, se asomó debajo de la otra pared lateral y desapareció en la tormenta.

—¿Estás loco? —grité detrás de él, pero fue inútil. Estaba a la mitad del claro.

El trueno retumbó con fuerza, justo encima de nosotros, y un rayo cayó delante de nosotros. Tal vez a cien metros en los árboles. Pero ese hijo de puta nunca dejó de correr. Ni siquiera se inmutó. Seguro que lo vio. ¡Estaba justo allí! Siguió corriendo directamente hacia él.

—¡Jeremiah! ¿Qué mierda estás haciendo?

No tenía sentido. No había forma de que pudiera oírme por encima de la lluvia y el trueno.

Llegó a la estación del trípode, patinando hasta detenerse. Sujetó los brazos con los pequeños rotores y los fijó.

Sí, por favor, corre hacia una tormenta eléctrica para envolver tus manos alrededor del instrumento de metal en medio de un claro.

Era como enviarle a un rayo una maldita invitación para derribarlo.

El hombre estaba jodidamente loco.

Regresó corriendo, el viento era salvaje, rociando lluvia en todas direcciones. El chasquido sónico de un trueno con un relámpago que se sintió como un golpe directo iluminó todo nuestro campamento.

Esperaba que Jeremiah fuera derribado. Esperaba que recibiera una descarga lateral o un retorno. Esperaba verlo recibir un maldito golpe directo.

Pero no lo hizo. Siguió corriendo hacia mí, con el pelo pegado a la cara y todo el cuerpo empapado.

Y sonriendo.

Se agachó debajo de la pared lateral como en las películas donde corren hacia una puerta plegable que se cierra. Así. Y se puso de pie, jadeando y chorreando agua, y luego ese hijo de puta se echó a reír.

Se rio.

Mientras que yo, por otro lado, estaba jodidamente enfadado.

Empujé su pecho.

—¿Estás loco?

Su sonrisa murió.

—¿Qué?

Señalé hacia el exterior.

—¿Sabes lo cerca que estuvo eso? ¿Sabes lo jodidamente cerca que estuvo? Me alegro de que lo hayas grabado en video para poder mostrarle al forense que moriste por ser un maldito idiota.

Su pecho palpitaba, estaba empapado de pies a cabeza. Sus ojos se estrecharon hacia mí. Me agarró la cara, duro y áspero, y por un segundo pensé que me iba a pegar, o a empujarme hacia atrás por llamarlo idiota… pero me atrajo hacia él y apretó sus labios contra los míos. Sostuvo mi cara y hundió su lengua en mi boca, dominando la situación totalmente. Total y jodidamente caliente.

Tomé su lengua de buena gana y le di la mía. La chupó, luego tiró de mi labio inferior entre los suyos, besándome una última vez antes de retirarse. Dios mío, sabía besar.

Él sonrió, los labios rojos e hinchados, todavía empapado de pies a cabeza.

—Eso fue alucinante.

Mi cerebro tardó un segundo en ponerse al día, pero no pude juntar las palabras. Mi cabeza todavía daba vueltas mientras él ya estaba en la mesa revisando sus pantallas en busca de datos. Puse mi mano en mi frente y me concentré en lo que había dicho.

—¿Qué fue alucinante? ¿La tormenta? ¿O el beso?

—La tormenta. —Me dedicó una mirada que decía, "¿qué beso?" como si no hubiera tenido su lengua en mi garganta.

Como si no me hubiera dado el mejor beso de mi vida.

Algo sobre la mesa emitió un pitido y lo recogió, luego fue a su ordenador portátil, revisando algo… No lo sé.

Estaba demasiado ocupado viendo los riachuelos de agua correr por su espalda, cómo se le pegaban los pantalones mojados.

Sin ropa interior.

—Santa mierda —respiré.

No levantó la vista. Solo señaló algo fuera de su alcance. Pásame el sensor detector.

Tardé unos segundos en moverme. Fui y se lo entregué, y él simplemente continuó leyendo y correlacionando datos como si nada hubiera pasado.

—Tenemos una carga negativa superior y una carga positiva inferior —dijo leyendo tres pantallas de radar al mismo tiempo.

¿Me lo imaginé besándome?

Mis labios todavía hormigueaban, todo mi cuerpo hormigueaba, mi cerebro todavía estaba fuera de línea... oh, sí, definitivamente me había besado. Y ahora estaba parado allí leyendo alguna máquina, el agua formando charcos a sus pies, goteando de sus pantalones cortos... pantalones cortos que no hacían nada para ocultar el contorno de su polla.

Su polla larga, medio dura y sin circuncidar.

Cristo.

—¿Tully?

Mi mente volvió a la realidad y arrastré mis ojos para encontrar los suyos.

—¿Eh?

Él sonrió. Ese hijo de puta sonrió.

—Estás distraído. ¿Estás bien?

—Ah, no realmente —dije—. Me besaste. Tuve tu lengua en mi boca hace menos de dos minutos y ahora estás actuando como si nada hubiera pasado. —Agité mi mano hacia su cuerpo—. Y esos pantalones, cuando están mojados, no dejan nada a la imaginación. Nada. No sé de dónde los obtuviste, pero son absolutamente una compra de cinco estrellas. Muy, muy recomendable.

Me miró.

—¿No vamos a hablar de que me besaste? —pregunté.

Abrió la boca, luego la volvió a cerrar rápidamente, como si estuviera tratando de recordar si me había besado o no.

—Lo lamento. Estaba emocionado, tuve un subidón de adrenalina, y me disculpo sí estuvo fuera de lugar.

—Oh, no —dije negando con la cabeza—. No se requieren disculpas. No estuvo fuera de lugar. Estuvo muy en lugar. No sé qué es lo contrario de eso. —Empecé de nuevo—. Estoy muy bien con eso. ¿Dónde diablos aprendiste a besar así? Porque Jesús, María, José y su maldito burro, nunca me habían besado de esa manera. Y me gustaría agregar que lo único por lo que debes disculparte es si no lo vuelves a hacer.

Se mordió el labio inferior para no sonreír demasiado.

—Diría que no te lo creas —agregué—, pero honestamente, deberías creértelo. Crédito total donde se debe el crédito. Es digno de los elogios de todos los besos. Si dieran premios nobel por besar…

Entonces sonrió y se pasó la mano por el pelo mojado, quitándoselo de la frente, y maldición si eso no lo ponía diez veces más sexi.

—No estoy saliendo con nadie —dijo como si yo no hubiera divagado como un idiota—. Eternamente soltero, me temo. Demasiado empollón, demasiado raro. Demasiado concentrado en mí trabajo. Demasiado… —Entrecerró los ojos—. No puedo recordar qué más dijo, pero te haces una idea.

—Entonces estabas saliendo con el chico equivocado.

Su mirada se encontró con la mía, intensa y escrutadora, antes de volver a su ordenador portátil.

—Si bueno… y sobre los pantalones cortos. Probablemente debería cambiarme. Estoy goteando agua…

—Oh, no. Los cortos se quedan. No puedes usar nada más durante la duración de tu estadía. —Puse mi mano en mi pecho—. Como tu guía oficial, debo insistir. Por razones de seguridad. Es muy importante.

Su mirada se cruzó con la mía y su sonrisa fue interrumpida por morderse el labio inferior.

—Debería ir a revisar la estación automática —dijo en voz baja. Dio un paso hacia atrás y, por supuesto, mis ojos se dirigieron directamente a su pene.

Sí. Aún allí. Todavía perfectamente delineado. Todavía delicioso…

Pero luego se volvió y se agachó bajo el alerón, saliendo al claro. Los árboles soplaban con el viento, pero la lluvia se había ido. Extendió los brazos.

—¿Cómo puede hacer todavía tanto calor? —gritó.

No me di cuenta de lo grande que estaba sonriendo mientras lo miraba hasta que volvió con el panel de control y tuve que educar mis rasgos.

Bajó el panel de control.

—Obtuvimos algunas lecturas excelentes —dijo.

—¿Deberíamos volver a ver el video? —pregunté—. Y mirar lo cerca que estuviste de ser alcanzado por un rayo.

Se detuvo en la mesa, frente a mí. Sus manos a los costados, su torso seco ahora, sus pantalones cortos… Maldita sea, no podía dejar de mirar. Traté de apartar la mirada, pero luego su mano interrumpió mi vista cuando le dio un apretón a su pene.

—¿Nunca te dijeron que es de mala educación mirar fijamente? —murmuró, su voz baja y ronca.

Me obligué a mirarlo a la cara, y sus ojos estaban llenos de fuego. Llenos de deseo.

Oh, maldita sea, sí.

Me acerqué a él, le agarré la barbilla entre el pulgar y el índice.

—Quiero chuparte la polla. Dime sí o no.

Se humedeció los labios y sonrió como si tuviera todo el tiempo del mundo. Como si este fuera su juego, tuviera todas las cartas y yo ni siquiera conociera las reglas.

Él estaba a cargo, y yo estaba cien por ciento de acuerdo con eso.

Se inclinó, sus labios contra los míos, sus ojos oscuros e intensos.

—Sí.

CAPÍTULO DIEZ

JEREMIAH

NORMALMENTE NO ERA tan mandón cuando se trataba de sexo. Bueno, no *así* de mandón. Pero se sentía bien tener el control y a Tully parecía gustarle de esa manera.

Cayó de rodillas, lentamente, besando mi pecho y estómago, debajo de mi ombligo. Deslizó mis pantalones cortos sobre mi trasero y fue sorprendentemente fácil, dado que todavía estaban húmedos. Él gimió mientras se metía mi polla en su boca. Sin preámbulos, sin jugar. Solo calor húmedo instantáneo, chupando, lamiendo y gimiendo.

—Oh, Dios —murmuré, tratando de controlar el placer. Agarré su cabello con un puño, pero solo pareció estimularlo.

Por supuesto, le gusta que le tiren del pelo.

Mierda.

Sus manos arañaron la parte posterior de mis muslos y mi trasero mientras me tomaba en su garganta, tragando a mí alrededor.

Dios, no había tenido esto en tanto tiempo, y él estaba haciendo todo tan, tan bien.

Tiré de su cabeza hacia atrás por su cabello, haciendo que me mirara, la cabeza de mi polla todavía en su boca.

—Tan bueno —murmuré, la espiral de mi orgasmo necesitaba liberarse tan desesperadamente.

Luego agarró mis bolas y me tomó de nuevo, chupando con fuerza y masajeando la base de mi polla.

—Oh, mierda. Tully, voy a correrme.

Sonrió alrededor de mi polla y gimió, y eso fue todo lo que hizo falta.

Un placer tan completo detonó en mi vientre, mi polla se elevó y me corrí. Gimió mientras me bebía, la habitación daba vueltas y mi visión se nubló.

Tully me sentó en un asiento de la mesa, mis sentidos aún obliterados. Mi cuerpo estaba pesado, mi mente flotaba.

Levantó mi barbilla, con una sonrisa de suficiencia en su rostro.

—¿Estás bien?

—Mmm.

Se acomodó a horcajadas sobre mis piernas y ajustó su erección, justo en frente de mi cara.

—¿Sí o no?

Lo acerqué más por la cinturilla de sus pantalones cortos, desabrochándolos.

—Diablos, sí —dije sonriendo. Saqué su polla, gruesa y circuncidada, y lamí mis labios antes de lamer su raja.

—Oh, mierda, no voy a durar mucho —suspiró.

Lo tomé en mi boca, girando mi lengua alrededor de su polla, acariciando su frenillo. Se arrastró más cerca cuando lo tomé más profundo, e hizo un sonido de lamento alto, casi dolorido.

—Joder, Jeremiah —dijo con voz áspera.

Entonces sus dedos se deslizaron alrededor de mi mandíbula, mi cuello, y me di cuenta de que estaba tratando de no empujar. Estaba tan duro, tan listo. Lo tomé en mi garganta y él gruñó y gimió, su polla se hinchó y se corrió deslizándose por mi garganta.

Sostuve su trasero, manteniéndolo enterrado en mi garganta hasta que su cuerpo dejó de retorcerse, y cuando lo dejé salir, le subí los pantalones cortos, lo llevé a la cama y lo empujé hacia atrás.

Aterrizó con una risa áspera.

—Joder, sí —dijo. Tenía los ojos cerrados y los labios curvados en una sonrisa serena—. Cristo, tienes habilidades. Besando. Chupando polla. Dios. ¿Estudiaste eso?

Solté una carcajada y me puse los pantalones cortos. Luego, sin estar del todo seguro de qué hacer a continuación, agarré mi iPad. Levantó la cabeza de la cama.

—¿Adónde vas?

—A ningún lugar. —Volví a la cama y me acosté a su lado—. Voy a ver esto.

Rebobiné el video y nos quedamos allí, ambos todavía sin camiseta, ambos ahora muy saciados, y vimos una repetición de la tormenta. Podíamos ver las nubes oscuras moviéndose, la pared de agua a medida que avanzaba hacia el búnker. Observé el relámpago iluminando las nubes como si estuvieran llenas de luciérnagas, hipnotizado por lo hermoso que podía ser.

Chispas de rayos dentro de la nube explotaron a través de las nubes como ocupando todo el espacio, buscando positivamente la fuente más cercana de carga negativa. Después de unos minutos de vientos huracanados, la estación automática se volcó al final del claro.

—Oh, aquí va el loco —dijo Tully—, corriendo hacia una tormenta eléctrica para sostener una barra de metal.

La voz de Tully en el video también me gritó, y fue extrañamente reconfortante. Ya que debería importarle lo suficiente como para estar preocupado.

Justo cuando había enderezado el anemómetro, un rayo estalló en los árboles detrás de mí, y puse pausa en la pantalla.

—¿Puedes ver por qué estaba enfadado? —dijo Tully. Se giró sobre su costado, enganchando su pie sobre el mío, bloqueándome en una especie de maniobra de lucha libre. Señaló la pantalla—. Mira lo cerca que estuvo. ¡Míralo!

—Puedo verlo —dije.

—Ni siquiera te inmutaste o te agachaste —dijo.

Pero no estaba mirando lo cerca que estuvo el rayo. Estaba mirando la energía pura, el brillo de la luz. El poder bruto.

—Es perfecto.

Tully rodó sobre su espalda, soltando mi pierna con un suspiro de exasperación.

—Sí, es asombroso. ¿Pero puedes apreciar que casi mueres? Y solo espera hasta que llegues a la parte en la que te deslizas debajo de la pared como un héroe de película de acción. —Suspiró de nuevo—. Estoy empezando a pensar que tienes toda la vibra de Clark Kent.

Lo miré.

—¿Clark Kent?

—Sí, cubierta de empollón sexi, superhéroe increíble cuando nadie está mirando

Me burlé.

—También arriesgaba su vida innecesariamente todo el tiempo. Estúpidamente se ponía en peligro, como si su inteligencia con los libros no significara una mierda en el mundo real. —Luego se encogió de hombros—. Pero se volvía totalmente loco en el dormitorio. ¿Podemos hablar de dónde aprendiste a besar así? ¿Y a chupar polla? Porque eso es una mierda de Kryptonita. Jesús.

Lo miré fijamente, no del todo seguro de sí estaba hablando en serio.

—Nadie me enseñó.

Él sonrió. Así que estaba bromeando…

—Así que aprendiste por ti mismo.

—¿Por mí mismo? —Lo miré con los ojos entrecerrados —. ¿Cómo podría besarme a mí mismo? Y ciertamente no puedo chupar mi… polla.

Ahora se rio.

—¿Has intentado?

—¡No! —Solté, el silencio que siguió fue intenso. Entonces, porque tenía que preguntar…—. Dios mío, ¿y tú?

—No soy lo suficientemente flexible como para siquiera intentarlo. Pero lo he visto en el porno. Es un poco raro. Ahora, me encanta chupar pollas, pero ¿la mía? Creo que eso sería demasiado raro, incluso para mí.

Tomé una respiración profunda.

—¿Cómo es que siquiera estamos teniendo esta conversación?

Volvió a rodar sobre su costado, mirándome con esa sonrisa ilegítima. Enganchó su pie sobre el mío de nuevo.

—Por lo de Clark Kent —dijo casualmente—. Y ahora que hemos cruzado la línea una vez, me gustaría discutir la posibilidad de cruzarla muchas veces. Entonces, si hay preferencias o límites estrictos que te gustaría discutir…

Era difícil pensar con claridad cuando estaba jugando con los pies y acostado tan cerca, y mirándome así. Con sus ojos sonrientes y su rostro perfecto.

—Estoy aquí para trabajar —le dije tratando de renunciar a parte del control que tenía sobre mí—. Y…

—Y trabajaremos —dijo tomando mi iPad—. Más tarde.

Lo recuperé, frunciéndole el ceño.

—Tratar de distraerme con tu encanto y buena apariencia pícara con la promesa de más sexo no ayudará a tu argumento de poder hacer el trabajo y entablar algún tipo de relación sexual.

Volvió a tomar el iPad, esta vez inclinándose sobre mí y colocándolo en el suelo junto a la cama. Esto, por supuesto, significaba que ahora estaba arrodillado sobre mí, mirándome.

—¿Dijiste buena apariencia pícara?

Puse los ojos en blanco.

—Tu sonrisa es ridícula.

Riendo, me agarró de la pierna y tiró de mí hacia el centro de la cama.

—Me alegro de que te guste.

—Nunca dije que me gustara.

Se inclinó, su nariz casi tocando la mía.

—Oh, pero creo que sí te gusta.

Por alguna razón, se estaba volviendo más difícil respirar.

—Al principio pensé que te hacía simpático. Entonces fue molesta. Luego me hizo enfadar irracionalmente.

Se humedeció los labios, sonriendo.

—¿Y ahora?

Mi reloj sonó.

—La odio.

—No, no la odias. —Él se rio y tomó mi muñeca—. Lo dice aquí mismo. Aunque no sonó antes cuando te chupé la polla. ¿No te gustó?

Ambos sabíamos la respuesta a eso.

Liberé mi mano y forcejeé con el estúpido reloj, tratando de quitármelo.

—Te dije que falla.

—Aaaajá. —Agarró mis dos manos y las sostuvo sobre el colchón sobre mi cabeza, haciendo que el reloj sonara de nuevo. Sonriendo ahora, susurró contra mis labios—. Déjatelo puesto. Me avisará cuando haga algo que te guste.

Oh, Dios. Mi cerebro se desintegró, haciéndome difícil pensar, hablar.

—Científicamente hablando, la aceleración del corazón también es frecuente en momentos de ira y miedo —dije mi voz apenas un susurro.

Puso sus labios sobre los míos.

—¿Tienes miedo?

Se me cortó la respiración.

—¿Estás enfadado?

Mis caderas traicioneras trataron de encontrarse con las suyas, desesperadas por la fricción.

Sonrió y apretó su boca contra la mía, forzando su lengua dentro. Todavía tenía mis manos atrapadas sobre la cama y presionó todo su peso entre mis piernas, sosteniéndome, besándome fuerte. Era todo lo que quería.

Hubo un pitido en algún lugar cerca de mi cabeza,

distante y confuso en el deseo que me atravesaba, hasta que se hizo más y más y más fuerte...

Mi reloj.

Gemí y liberé mis manos, arrancando mi reloj y arrojándolo en algún lugar cerca del iPad.

—Van a enviar un helicóptero de rescate si no se detiene —dije, luego acerqué su cara a la mía.

Se rio en el beso y movió sus caderas, su erección rozando la mía.

¿Cómo estaba duro otra vez? ¿Cómo lo estaba él? ¿Era el calor? ¿O solo era natural en él?

Creo que era natural en él.

Era tan sexi, y me deseaba. A mí.

A mi miserable, solitario y raro yo.

Rompió el beso y gimió, frotándose y presionándose contra mí.

—Oh, Dios. Joder, Jeremiah.

Deslicé mi mano entre nosotros, bajando a tientas nuestros pantalones cortos, para envolver mi mano alrededor de ambas pollas.

Sus ojos se abrieron de golpe y corcoveó, presionando su cuerpo contra el mío.

—Joder.

Nuestras pollas se deslizaron juntas, resbaladizas con nuestro presemen, el mío, el suyo.

Gruñó, el sonido incendió cada célula de mi cuerpo, y luego me besó de nuevo, nuestras lenguas acariciándose.

Se estremeció, corcoveando, y con un fuerte grito, se corrió en mi mano. Su polla pulsó contra la mía, haciéndome caer por el borde...

Cuando el mundo dejó de girar, abrí los ojos para encontrarlo mirándome.

—Joder —respiró—. Eso fue tan jodidamente caliente.

Yo no podía hablar.

Estaba tan cansado, y mis huesos estaban pesados y deshechos. Se derrumbó encima de mí, esparciendo el desorden entre nosotros, y hacía calor, ambos estábamos sudorosos, y ni siquiera me importó.

Su aliento era cálido en mi cuello, y normalmente eso me molestaría.

Pero no con él.

En cambio, me rendí al mundo, pasé mi brazo alrededor de él y cerré los ojos.

***

TOMÉ un bocado de mi cena y desplacé los datos del radar.

—El pronóstico para los próximos dos días es bueno para la actividad de los rayos, pero luego dos días de fuertes precipitaciones. Hasta cien milímetros.

Tully masticó pensativo y asintió.

—Tal vez tengamos que empacar e irnos antes de que llegue.

Mis ojos se dirigieron hacia los suyos, y me sorprendió lo mucho que no quería eso.

—¿A un terreno más alto? ¿O te refieres volver a la civilización?

Metió su tenedor en el plato, lo llenó de arroz y sonrió mientras masticaba.

—Pareces decepcionado.

—Lo estoy. —Apuñalé mi arroz, tratando de parecer tranquilo—. Tengo cuatro días más. Es muy poco probable que vuelva a tener esta oportunidad. Necesito recopilar datos adecuados para justificar ante mi departamento el costo de estar aquí.

Hizo más de esa sonrisa satisfecha que yo odiaba por completo.

—No tiene nada que ver con tu increíble guía que te da orgasmos alucinantes y cocina cenas increíbles.

Le fruncí el ceño, sin querer responder a la primera parte de su declaración.

—El arroz está buenísimo. —Era un arroz frito al estilo tailandés con verduras, especias y huevo frito—. ¿Dónde aprendiste a cocinar?

—Los cocineros en el trabajo. Tenemos un local parecido a una cafetería —respondió encogiéndose de hombros—. No lo que cocinan para los trabajadores, sino lo que cocinan para ellos mismos. Ahí es donde está la verdadera comida. En su mayoría sobras, como arroz del día anterior, algunas cebollas picadas, pimientos y zanahoria, un montón de salsas y un poco de chile. Agrega uno o dos huevos fritos y tendrás una comida decente.

Asentí mientras tomaba otro bocado.

—¿Cocinas esto en casa?

—A veces. ¿Y tú? ¿Qué cocinas en casa?

—No suelo cocinar. Si puedo evitarlo. Solo cosas básicas. —Me encogí de hombros—. Cuando era pequeño, comprábamos lo que fuera barato y sencillo de cocinar. Carne y verduras, básicamente, porque eso era todo lo que mi padre sabía cocinar.

—¿Él nunca se volvió a casar?

Negué con la cabeza.

—No. Él… nunca volvió a ser el mismo después de la muerte de mi madre.

—Debe haber sido duro.

Puse mi tenedor en mi plato vacío.

—Sí. Dada la naturaleza pública de todo esto. Nunca debieron haber publicado las imágenes. Nunca le pidieron permiso a mi padre, y tuvo que ver morir a su esposa una y otra vez en todos los canales de televisión durante semanas. Cada vez que hay un documental sobre los peligros de los rayos… —Suspiré—. Y nunca se detiene. Se mantiene, hasta el día de hoy. Incluso el año pasado, hubo un anuncio de vista previa de uno de esos programas de televisión sobre la "historia de las noticias de última hora". De la nada, allí estaba ella de nuevo, muriendo frente a él otra vez, en un anuncio en la televisión antes de que pudiera cambiar de canal.

—Jesús —murmuró Tully—. Ni siquiera puedo imaginarlo.

—Ahora apenas ve la televisión.

—No lo culpo. —Tully apiló nuestros platos—. ¿Y él no entiende por qué haces lo que haces?

—Para nada.

Suspiró con tristeza.

—Tu padre… ¿Sabe que te gustan los hombres?

—¿Que soy gay? Sí. Ocupa el cuarto lugar en la lista de decepciones.

—¿Solo el cuarto?

Conté con mis dedos.

—La decepción número uno es mi profesión elegida. La número dos es que apoyo el fútbol de Essendon. Número tres es que no apoyo a Richmond. La número cuatro es que soy gay.

Tully se rio entre dientes.

—Fútbol, ¿eh?

—Sí. Lo único que verá en la televisión es la AFL. Él va

a todos los partidos, usa el jersey y el gorro, la bufanda, todo. —Negué con la cabeza—. Para ser honesto, ni siquiera soy tan fan del fútbol.

—¿Por qué a tu padre le gusta Richmond y a ti Essendon?

—Cuando tenía unos quince años, me hizo ir a un partido. Essendon contra Richmond. No quería ir, me propuse leer un libro en su lugar, fruncía el ceño a todo y a todos, como un típico adolescente. —Puse los ojos en blanco—. Por supuesto que estábamos muy cerca, junto al túnel de los vestuarios. Y luego me fijé en los jugadores.

Él sonrió ante eso.

—Oh. Te *fijaste* en los jugadores.

—Oh, sí. Fue todo un despertar sexual, verlos tan de cerca con esos uniformes ajustados, todos sudorosos y tocándose. Uno de los jugadores me sonrió mientras salía corriendo después del partido y casi muero en el acto. Desde entonces, soy un fiel seguidor de Essendon.

Tully se rio.

—Eso es poético.

—Mi padre no lo creyó así. —Nos miramos el uno al otro durante un largo segundo, ambos casi sonriendo—. Tus padres saben que eres… ¿bisexual?

—Claro —dijo indicándome que me acercara—. Ser bisexual no hizo ninguna diferencia. Quiero decir, de cuatro niños, ellos tienen tres heterosexuales y yo. Estadísticamente hablando, tenía que suceder. Y como ya te dije, yo soy el bebé; el mimado. Puedo hacer o ser lo que sea y salirme con la mía. Mientras crecía, mi hermano mayor se enfadaba porque "oh, el bebé mimado puede hacer lo que quiera" y yo solo me reía y decía "diablos, sí puedo, apesta ser tú". —Se encogió de hombros con una sonrisa—. Es la carta que me repartieron. La uso todo el tiempo.

—¿No tienes responsabilidades en absoluto?

—Seguro, las tengo. Tengo facturas y un préstamo hipotecario. Tengo un título universitario que todavía estoy pagando, como todos los demás. Trabajo a tiempo completo y soy bueno en lo que hago. Simplemente elijo hacer esto en mi tiempo de vacaciones. Me ves aquí, en pantalones cortos, sin camisa ni zapatos, y piensas que vivo así. Pero no. —Se inclinó en un susurro como si fuera un secreto nacional—. Incluso me pongo un traje para trabajar.

Eso me hizo sonreír.

—No puedo imaginármelo.

Lo cual era mentira porque me lo estaba imaginando ahora mismo…

—Bueno, pantalones de traje, camisa y corbata. Hace demasiado calor para una chaqueta. Después de todo, es Darwin. —Guiñó un ojo—. Pero algunos días, si solo estoy en la oficina y no tengo que ver a la gente, puedo darme un capricho y estar con unos buenos pantalones cortos y un polo de la empresa. ¿Pero este? —hizo un gesto hacia su cuerpo medio desnudo—. Este es mi uniforme preferido.

—Te queda genial.

Esa sonrisa arrogante estaba de vuelta.

—¿Qué pasa contigo? Por favor, dime que usas una bata de laboratorio blanca para trabajar.

Resoplé.

—¿Por qué usaría una de esas?

—Solo déjame tener la fantasía, ¿de acuerdo? Te lucirías con una bata blanca de laboratorio, siendo inteligente y sexi, estudiando tus datos bajo un microscopio.

—Creo que tienes una percepción seriamente malinterpretada sobre lo que realmente hago en el trabajo.

Se rio.

—Déjame tener la fantasía, Jeremiah. No estás jugando el juego correctamente.

Suspiré.

—Está bien, sí. Llevo una bata de laboratorio blanca y estudio los datos… bajo un micros… copio.

Tully se rio, con una amplia sonrisa.

—Ahora puedo imaginarlo completamente. ¿Estás desnudo debajo de la bata de laboratorio?

—Absolutamente no.

—Jeremiah.

—Vale, sí, estoy totalmente desnudo. Lo cual sería una violación de casi todos los códigos de seguridad y salud ocupacional, pero claro. Sí, finjamos que estoy desnudo.

Sus ojos hicieron eso de brillar cuando sonreía, lo cual ya no odiaba tanto.

—Esto es divertido. ¿Hay un escritorio o panel de control con ordenadores y esas cosas sobre las que podrías follarme?

Casi me trago la lengua.

—O podría follarte en eso —agregó casualmente—. No me importa de ninguna manera. Mi puerta se abre en ambos sentidos. En realidad, no es que no me importen ninguna de las dos formas, es que prefiero ambas. Ya sabes, la variedad es la especia de la vida. O algo así.

Todavía estaba atrapado en sus palabras…

Que podrías follarme… o podría follarte…

Su lengua se deslizó hacia afuera, humedeciendo su labio inferior antes de morderlo.

—Te lo estás imaginando ahora mismo, ¿no?

Negué con la cabeza, tratando inútilmente de convertir las imágenes en mi cabeza en niebla. Por supuesto que eso lo hizo reír.

—Lo estás imaginando, totalmente. Y estoy absolutamente arrepentido de no haber traído ningún condón o lubricante conmigo. No pensé que sería ese tipo de viaje. A menos que hayas traído algo contigo…

Cuando todavía no había dicho nada, enganchó su pie con el mío, deslizándolo por mi pantorrilla. Me sacó de mis pensamientos.

—Eh, no. No lo hice. Tampoco pensé que este viaje sería de ese tipo.

—¿Te arrepientes de lo que hemos hecho? —Tully sonreía a medias, pero su pregunta era seria. Solo lo estaba escondiendo detrás de su humor.

—De nada. ¿Tú?

—Diablos, no.

Tragué saliva, tenía la boca seca.

—Yo, eh… tu puerta, girando en ambos sentidos…

—Solo quise decir que me gusta ser activo y pasivo.

—Sí, entendí la metáfora.

—Ah.

—Yo, eh… —Necesitaba un sorbo de agua para poder hablar.

—Recibo vibraciones de activo de ti —dijo casi alegremente—. Tienes totalmente esa vibra sexi. Vibra silenciosa, súper inteligente y de "haz lo que digo". Jodidamente caliente.

Allí fue de nuevo, revolviendo mis pensamientos.

—Ah.

—¿Tengo razón?

—Bueno, sí.

—¡Lo sabía!

—Pero también me gusta…

—¿Tomar una buena polla?

Suspiré.

—Sí. En ocasiones. Si es con la persona adecuada y puedo confiar en que lo hará bien.

Él rio.

—Así que tienes que estar a cargo de cualquier manera.

Le fruncí el ceño.

—No. No soy…

—¿Un fanático del control?

Jadeé, mi boca cayendo abierta.

—Te ruego me disculpes.

—No es algo malo. Como dije, es jodidamente caliente. Honestamente, no puedo esperar a que me folles. Va a ser tan bueno.

Parpadeé un par de veces, otra vez completamente atónito por su audacia.

—Estás muy seguro de asumir que eso sucederá.

Se rio como si fuera la cosa más ridícula que hubiera oído en su vida. Luego se puso de pie, inclinándose más cerca.

—Porque sé que quieres. Demonios, casi valdría la pena que me fuera de aquí durante dos días para encontrar la tienda más cercana que venda suministros. —Luego susurró en mi oído, su voz baja y áspera—. Y tú también quieres que te folle.

Luego se alejó abruptamente, llevando los platos al fregadero, y me quedé allí sentado demasiado estupefacto para hablar. Demonios, ni siquiera podía formar un pensamiento coherente.

Más tarde esa noche, cuando nos metimos en la cama, nos cubrió con la sábana y yo esperaba que iniciara algún tipo de sexo o me hiciera preguntas más personales y vergonzosas, pero no lo hizo. Suspiró en la oscuridad.

—¿Cuál es tu sabor de helado favorito?

CAPÍTULO ONCE
TULLY

TUVIMOS UNA MAÑANA FÁCIL. Hice un desayuno rápido para nosotros, Jeremiah preparó el café, luego nos sentamos alrededor de la mesa para repasar los datos de ayer y ver qué nos esperaba para hoy. El pronóstico no había cambiado. Tormentas hoy y mañana, luego la madre de todas las lluvias.

Y claro, podría aliviarse y el pronóstico podría cambiar. El frente de nubes y la baja presión proveniente del mar de Timor podrían debilitarse y tal vez no tendríamos que marcharnos.

No quería irme todavía.

Pensé que tener a un extraño en mi espacio durante este viaje sería molesto, pero eso no podría haber estado más lejos de la realidad.

Me gustaba tener a alguien aquí conmigo. No como la vez que le pedí por error a mi hermano Ellis que me acompañara. Pero Jeremiah era como yo; amaba las tormentas, el clima. Y era súper inteligente y entendía la ciencia de ello. Yo estaba aprendiendo mucho y ya estaba haciendo planes para cuando llegara a casa empezar a comprar el mismo equipo que él tenía.

Era tan jodidamente genial.

—Eso estaba pensando —dijo Jeremiah, sin siquiera levantar la vista de su pantalla.

—Oh, oh. ¿Buen pensamiento o mal pensamiento?

Sus ojos se encontraron con los míos entonces, con el ceño fruncido.

—¿Cómo es que cualquier pensamiento es malo?

—Lo lamento. ¿Qué estabas pensando?

—Bueno, recuerdo que mencionaste los manglares y los cangrejos.

Oh, Dios. Sabía a dónde iba esto... Esto era un mal pensamiento.

—Creo que me gustaría ver eso. Durante una tormenta eléctrica.

—¿Estás realmente loco?

—No.

—Entonces ¿por qué?

—Los manglares, en particular aquellos con colonias de crustáceos, emiten grandes cantidades de metano y nitrógeno, y estoy seguro de que sabes lo que los rayos les hacen a las áreas del suelo con altas cargas positivas.

—Sí. Por eso te pregunté si estabas loco. —Los carcinólogos me habían hablado de eso. Por eso venían aquí, pero normalmente no en la temporada de tormentas porque era demasiado peligroso—. Además, es la temporada de lluvias. No sé qué tan accesibles serán, y necesitaría verificar el gráfico de mareas. Y tendríamos que acampar allí durante la noche. Estaría demasiado lejos para volver. Tendríamos que dormir en el Jeep por...

Jeremiah se puso de pie y cerró su ordenador portátil.

—Entonces debería empezar a recoger.

—… por los cocodrilos. —Por supuesto, actuó como si no me hubiera escuchado, así que lo dije de nuevo, más fuerte esta vez—. ¡Por los cocodrilos!

Empezó a preparar su caja de equipo.

—Te escuché la primera vez.

—Entonces, ¿por qué sigues recogiendo tus cosas?

—Porque si mi tiempo aquí se acorta, necesito conseguir información. Lo que tengo hasta ahora está bien, pero no es excepcional, y necesito algo extraordinario para justificar haber venido aquí.

—Está bien, genial. —Fui y puse mi bolso sobre la cama, saqué una camiseta y lo cerré—. ¿Tienes tus asuntos en orden?

—¿Mis qué?

—Tus asuntos. Tus papeles, tu última voluntad y testamento. —Me rocié con repelente de insectos y luego lo volví a hacer—. Porque si los rayos no te alcanzan, los cocodrilos probablemente lo harán. O los mosquitos. —Me detuve y lo miré—. ¿Te vacunaste contra la malaria? ¿Has oído hablar de la fiebre del río Ross?

Me frunció el ceño; sus ojos penetrantes parecían fuego azul.

—Si estás tratando de disuadirme, no funcionará. Sólo me hará más decidido a ir. Entonces, si no te unes a mí, tal vez pueda tomar tu coche y conducir yo mismo.

Le lancé la lata de repelente de insectos.

—Ah, genial. Entonces tendría que salir de aquí caminando para conseguirte ayuda. Idea estelar, genio. Solo por curiosidad, ¿a dónde te gustaría que se enviara tu cuerpo? Si encuentran tu cuerpo, eso es. Por lo general, un cocodrilo simplemente te llevará a aguas más profundas y te golpeará un poco, te dejará metido debajo de un tronco o algo así, hasta que estés agradable y suave. Los cuerpos rara vez se recuperan. Solo encuentran marcas de dedos excavadas en la orilla del río y dejan de buscar. Cancelan los grupos de búsqueda en ese mismo momento.

Me estaba mirando ahora.

—¿Has terminado?

—Ni siquiera cerca. —Elevé mi cara en desafío—. Ahora, los manglares en particular tienen altas concentraciones de rayos…

Suspiró lo suficientemente fuerte como para detenerme.

—Por eso voy. La cuestión es, puedes venir conmigo o puedo ir solo.

Lo fulminé con la mirada.

Él hizo lo mismo.

Y por un largo momento, ninguno de nosotros parpadeó. Cedí primero, gruñéndole por si acaso.

—¿Te especializaste en terquedad en la universidad?

—Tengo un doctorado.

—En terquedad.

—De hecho…

—En *terquedad*.

Luego suspiró y me sentí como si estuviéramos en un sube y baja, donde ninguno de nosotros tendría la ventaja.

Él frunció el ceño. Resoplé.

Murmuró por lo bajo mientras preparaba sus cosas, bajé las paredes y cerré el lugar. Probablemente volveríamos, pero no estaba garantizado, así que lo traté como si nos fuéramos para siempre.

Condujimos el Jeep en silencio.

—¿ESTÁS conduciendo imprudentemente a propósito? —preguntó. La pista era mala, y él se aferraba a la barra de oh-mierda, mirándome mal cada vez que podía.

—Sí, diseñé esta pista para que tuviera más cráteres que la luna, y elijo pillar cada uno de los hoyos con la esperanza de romper la suspensión para que nos quedemos varados aquí porque, sinceramente, ser atrapado por un cocodrilo y soportar una de las muertes más dolorosas de la historia es preferible a cualquiera que sea tu puto problema.

Me frunció el ceño aún más mientras rebotábamos a través de otra parte mala de la pista.

—Y crees que soy terco.

—No, creo que eres estúpido. Increíblemente inteligente y realmente estúpido, joder.

Yyyyyy eso me valió algo más de silencio.

Y luego me sentí mal.

Pero esto *era* estúpido. Y él conocía los riesgos y todavía quería ir. Y yo era lo suficientemente estúpido como para ir con él.

¿Eso me hacía más estúpido?

Maldita sea.

Después de un largo rato de silencio y muchos kilómetros llenos de baches bajo los neumáticos, sabía que tenía que romper el silencio.

—Necesitaré que navegues por internet —dije—. ¿Puedes ver si puedes obtener alguna señal para un mapa en tu iPad?

—¿No sabes a dónde vamos?

—No precisamente. He estado aquí una vez en la estación seca. Se ve un poco diferente ahora.

Entonces dudó, pero enmascarando su reacción, rápidamente sacó su iPad y tocó la pantalla varias veces.

—Nada.

—Mierda.

—Tengo el mapa de papel —dijo sacándolo de su bolso—. No sé qué tan detallado será para esta zona.

No mucho, pensé. Pero no dije nada.

Lo desdobló y lo volvió a doblar para poder ver aproximadamente dónde estábamos.

—Nuestro campamento estaba aquí —dijo rebotando en su asiento, pero sin apartar los ojos ni el dedo del mapa—. Tomamos la carretera del norte, nos desviamos para ir hacia el este hasta el río South Alligator, durante unos diez kilómetros… —Comprobó la escala del mapa y luego consultó su reloj—. Considerando nuestra distancia en el tiempo, deberíamos estar aproximadamente aquí. —Sostuvo su dedo en cierto punto en el mapa—. Lo que significa que tenemos otros cinco a ocho kilómetros por recorrer.

Me molestó que usara la inteligencia, el razonamiento y el sentido común.

—Gracias.

El bosque que nos rodeaba había cambiado. Ya no eran niaulíes, ni ciruelos, ahora eran palmeras y manglares, y el camino se estaba volviendo más arenoso.

—No sé cuánto más podremos ir en coche —dije—. No me arriesgaré a atascarnos en la arena antes de que llegue la marea alta. Tendremos que estacionarnos y luego caminar un poco.

Me miró, luego por el parabrisas hacia la ciénaga de

nuestro entorno. Y una mirada de "mierda, ¿qué he hecho?" brilló en sus ojos antes de que también la encubriera. Asintió.

—Bueno.

La pista se volvió más y más arenosa, y en la siguiente parte de la pista con algo parecido a un área de giro, nos detuve lentamente.

—Está bien, esto tendrá que valernos. —Haciendo un giro rápido de tres puntos, di la vuelta al Jeep para que estuviéramos mirando por donde habíamos venido.

—¿Qué estás haciendo?

Señalé nuestra ruta de escape.

—En caso de que tengamos que irnos a toda prisa.

No me perdí la forma en que tragó, pero sin decir nada más, salió del Jeep y comenzó a preparar su equipo.

—Toma solo lo que puedas llevar —dije tomando su mapa y dándole una ojeada. Había hecho un buen trabajo dándonos una ubicación estimada. Estas pistas fuera de la carretera principal no estaban marcadas en ningún mapa, por lo que tuve que dar crédito a donde se debía—. Eres bastante bueno con el mapa —le dije, apuntando a la indiferencia. No iba a ser amistoso, pero al menos estábamos hablando de nuevo. Le di la vuelta al mapa y garabateé una nota rápida para dejar en el Jeep, si alguien lo encontraba o si no volvíamos. Al menos la policía podría decirle al forense que la causa de nuestra muerte fue estupidez.

Nos adentramos en los manglares a pie. Dos hombres con teléfono y agua. Un día como mucho.

La puse en el tablero, luego recordé agregar la fecha en la parte inferior.

Al darme cuenta de que Jeremiah no había respondido,

miré para ver qué estaba haciendo… para encontrarlo vaciando mi bolso y agregando su equipo.

—¿Qué diablos crees que estás haciendo?

Miró hacia arriba, confundido.

—Preparo todo lo que puedo llevar.

—Esa es mi mochila.

—Sí. Soy consciente.

Salí y caminé a su lado, agarrando su mano sobre mi bolso.

—No toques mis cosas.

Sus ojos azul acero se encontraron con los míos.

—Simplemente estaba siendo eficiente.

Estábamos de pie cerca, ojo a ojo. Bueno, era unos centímetros más alto que yo, pero, aun así. Mi agarre en su mano se hizo más fuerte.

—Deberías haber preguntado.

Sus fosas nasales se ensancharon y su mandíbula se apretó. Lo habría encontrado atractivo si él no me cabreara tanto. Demonios, tal vez era caliente *porque* me cabreaba mucho. Apartó la mano de un tirón.

—Olvídalo. Lo llevaré en la caja.

Se inclinó para acercar la caja, pero terminé de meter su equipo en mi mochila.

—Todo lo que tenías que hacer era preguntar —dije mientras empujaba el aparato giratorio desde la parte superior de su estación automática. Había sacado el botiquín de primeros auxilios de mi bolso, así que lo recogí—. ¿Y a dónde diablos vas sin esto?

—Iba a ponerlo encima.

Por supuesto que no era cierto.

Recogí la lata de pintura en aerosol que había tirado y lo miré mal.

Cristo todopoderoso.

Se secó el sudor de la frente y me di cuenta de lo mucho que estaba sudando. Hacía calor, y era bochornoso como el infierno. Seguía olvidando cómo no estaba acostumbrado a los trópicos…

—Toma, bebe un poco de agua —le dije entregándole una botella—. Dale un sorbo. Traga pequeños sorbos.

Me dio otra mirada por si acaso, pero bebió un poco de agua.

Cuando terminó de preparar su equipo, se colgó la mochila, luego tomó la mía y se pasó la correa larga por la cabeza y un hombro.

—¿Qué estás haciendo? —pregunté.

—Llevando todo lo que puedo cargar.

Le quité mi mochila, levantando la correa sobre su cabeza.

—Puedo llevar esto.

Me miró como si realmente quisiera decir algo, pero cerró la boca y apartó la mirada.

—Bien. Lo que sea. Gracias, supongo. Lo siento por ser tan estúpido.

Me colgué la mochila, dejé escapar un gemido y le entregué el trípode para que lo llevara.

—Mira, lo siento por el comentario de estúpido. No debería haber dicho eso. Tú no eres estúpido. Eres la persona más inteligente que conozco.

Apartó la mirada, petulante, y vi cómo una gota de sudor le bajaba por la sien, por la mandíbula y por la columna del cuello.

No debería querer lamer eso…

Negué con la cabeza, volviendo al camino.

—Así que lo siento. Pido disculpas. Tú no eres estúpido.

Hizo un puchero.

—Bien. Gracias.

Dios, quería estrangularlo. También quería besarlo y hacerle cosas obscenas a su cuerpo, pero sobre todo quería estrangularlo.

—Pero lo que estás *haciendo* es una estupidez. Sólo para que quede claro.

Gruñó. Literalmente me gruñó.

Todo mi cuerpo reaccionó y gruñí, teniendo que reajustarme.

—Joder.

Me entrecerró los ojos.

—Estamos discutiendo los parámetros de medición de la estupidez.

—Eso fue caliente de cojones. ¿Puedes gruñirme de nuevo?

Puso los ojos en blanco y se alejó, siguiendo la pista.

—¿Jeremiah? —lo llamé.

Se dio la vuelta.

—¿Qué?

Sonriendo, señalé con el pulgar los matorrales.

—Tenemos que ir por aquí.

Me puse en marcha, sin mirar si me seguía o no. El suelo era arena mojada y tuvimos que caminar sobre raíces y ramas de manglares. Nuestras botas se estaban hundiendo un poco, nada demasiado malo todavía, pero definitivamente se estaba poniendo más húmedo a medida que avanzábamos.

Podía escuchar a Jeremiah detrás de mí, sus pies y el gruñido ocasional mientras escalaba una raíz de manglar.

Ahora yo estaba sudando, así que él tenía que estar sintiéndolo. Tomando la lata de pintura, rocié una franja rosa a través de un árbol cada diez metros más o menos.

—¿Es esa tu versión de las migas de pan de Hansel y Gretel?

—Eso es exactamente lo que es. Para que podamos encontrar el camino para salir de aquí. —Miré hacia atrás—. ¿Quieres parar un rato?

Miró hacia el cielo.

—No aún no. Esas nubes están entrando.

Impresionante.

No podía esperar.

—No parezcas tan emocionado —dijo pasando a mi lado para tomar la delantera.

—Está bien, tú vas primero —le dije con sarcasmo—. Tu turno de estar atento a todas las cosas que pueden matarnos.

—No eres gracioso.

No estaba siendo gracioso, pero está bien.

—Sí, soy hilarante.

—Estas raíces harían imposible que los cocodrilos nos siguieran —dijo como si le estuviera mintiendo al respecto.

—¿Así como está? Cierto. Pero te lo digo, con la marea alta, estaremos de vuelta en el Jeep. ¿Comprendido?

Me lanzó una mirada por encima del hombro. Estaba bastante seguro de que puso los ojos en blanco.

Caminamos, trepamos y saltamos ramas durante un buen rato en silencio. Nuestros zapatos ahora se hundían con cada paso, y todo en lo que podía pensar era en nuestra capacidad para salir de aquí una vez que el agua comenzara a entrar. Afortunadamente no mucho después llegamos a un pequeño claro en los manglares.

Me había quitado la camiseta chorreando de sudor. Jeremiah colgó su mochila en la raíz de un árbol y, levantándose la camiseta, se limpió la cara con ella.

—Cristo, ¿cómo vive la gente aquí? —se quejó.

—Te acostumbras. Bebe más agua.

No necesitaba que se lo dijera dos veces. Dio un sorbo a su botella y se limpió la cara de nuevo.

—Quítate la camiseta —le dije.

—Creo que estoy mejor con esto puesto.

—Creo que la vista es mejor sin ella.

Me miró mal.

Sonreí.

—Ahora soy inmune a la sonrisa.

Dejé que mi cabeza cayera hacia atrás.

—Oooh. Es mi único truco de fiesta.

Me ignoró, y extendiendo las patas del trípode, lo hundió en la arena.

—Ayúdame a configurar esto.

Se puso a montar todos sus artilugios, comprobando qué lecturas podía obtener mientras yo seguía comprobando el agua a nuestros pies.

Oscuras nubes de tormenta retumbaban sobre nosotros, expandiéndose y moviéndose como entidades vivientes. Un relámpago intranube chisporroteó dentro de ellas y el viento se levantó.

—Toma, sostén esto —dijo entregándome la pantalla. Colocó el pequeño radar en la parte superior de la estación automática y, mientras giraba, la pantalla emitía un pitido —. Esto va a ser bueno —dijo emocionado.

Por el amor de Dios.

—Sabes, sé que este lugar se llama Kakadu, pero

probablemente haya más Kaka-don'ts que Kaka-do's. ¿Lo pillas? Don'ts de "no hacer" y Do's de "sí hacer".

Jeremiah suspiró, aburrido, y me miró inexpresivamente.

—¿Cuánto tiempo has estado esperando para usar esa broma tan mala?

Me reí.

—Un rato.

Puso los ojos en blanco.

—Pero sí, acerca de los Kaka-don'ts —continué—, probablemente pensar estar de pie en medio de los manglares con una tormenta eléctrica acercándose mientras sostengo un dispositivo de radar hacia el cielo, *mientras estoy de pie sobre cinco centímetros de agua arenosa*, ocupa un lugar destacado en esa lista.

—Conocías los riesgos —murmuró.

—¿Qué puedo decir? —dije rotundamente—. No quería que murieras solo.

—No planeo morir aquí, ni hoy.

—Estoy bastante seguro de que nadie planea ser alcanzado por un rayo.

Sus ojos cortaron los míos.

—Excepto tú —agregué.

Volvió a ignorarme, leyendo sus máquinas, todo mientras los vientos arreciaban y la tormenta se oscurecía.

—¿Por qué tengo un mal presentimiento sobre esto? —pregunté.

—Porque eres un pesimista.

Jadeé.

—No soy pesimista.

Jeremiah levantó una ceja.

—Necesitas confiar en la ciencia.

—Confío en la ciencia. Pero el rayo es un gran desconocido. Impredecible, peligroso. No puedes aprovecharlo o controlarlo. Puedes estudiarlo toda tu maldita vida y aun así no sabrás todo lo que hay que saber porque no puedes ponerlo en un laboratorio. Puedes intentar recrearlo, pero no será lo mismo.

Me estaba mirando.

—Entonces, ¿debería parar? ¿Debería dejar de intentarlo porque crees que es imposible?

—No, yo...

—Casi podría garantizarte que a todos los científicos que hicieron algo grandioso se les dijo que eran tontos por intentarlo. ¿Crees que los científicos que intentan crear la fusión fría están perdiendo el tiempo? Están tan cerca de avances que podrían resolver la crisis energética mundial, pero la gente lo descarta porque piensa que es imposible.

—No, eso no es...

Sus ojos se encontraron con los míos, fríos y azules.

—No sé por qué pensé que eras diferente. —Sacó la antena RF de su bolso, ignorándome.

No esperaba que su mordida doliera tanto.

—Jeremiah —murmuré.

Un trueno retumbó justo encima de nosotros, haciéndome agacharme por instinto. Por supuesto, Jeremiah ni siquiera se inmutó, de espaldas a mí, su camiseta ondeando al viento.

Jesucristo.

Abrí la boca para decirle que lo sentía justo cuando las nubes se abrieron. Lluvia, gotas gordas, montones de ellas, pesadas y húmedas. Estaba cayendo tan fuerte que apenas podía ver a Jeremiah a solo unos metros de distancia.

—Bueno, eso es jodidamente genial —grité sobre la lluvia.

Pero luego se hizo aún mayor.

Truenos y relámpagos, las nubes tan bajas y cercanas que sentí como si pudiera tocarlas. Más relámpagos dentro de la nube se encendieron a nuestro alrededor como una fiesta estroboscópica y tuve una extraña realización.

De hecho, podríamos morir aquí.

De verdad. Sin bromas, sin respuestas sarcásticas. Una verdad real.

—Jeremiah —grité de nuevo.

Se giró para mirarme entonces.

Ese hijo de puta estaba sonriendo.

—¡Esto es increíble!

Volvió a la pantalla como si estuviera teniendo la mejor experiencia de su vida.

Por el amor de Dios. Estaba empezando a pensar que estaba legítimamente loco.

Subió el cierre de su mochila bajo la lluvia torrencial, y tomando la pantalla de mí, me entregó la mochila.

—¡Sostén esto!

El trueno retumbó de nuevo, tan fuerte y tan cerca que nos sacudió a ambos. Crujiendo y retumbando, sin parar ahora, las nubes eran tan oscuras que los destellos de los relámpagos eran la única forma en que podía ver.

—Esto es una locura —grité.

El trueno estalló tan fuerte que me lastimó los oídos y un relámpago cayó a unos cien metros de distancia. Debo haber saltado un metro en el aire, mi corazón latía con fuerza hasta el punto del dolor. Eso estaba demasiado, demasiado cerca.

—¡Jeremiah!

Levantó dos dedos.

—¡Dos minutos más!

—¡Ahora!

Negó con la cabeza.

Abrí la cremallera de mi bolso y metí la pantalla dentro, luego comencé a sacar piezas de la estación. Terminamos aquí. Esto era estúpido e insano, y él estaba jodidamente loco si pensaba que nos quedaríamos en esto. El anemómetro giraba muy rápido, el viento estaba en un frenesí, dirigiendo a la lluvia en todas direcciones, pero lo desenganché de todos modos. Nos íbamos, le gustara o no.

Los truenos eran constantes y los rayos demasiado frecuentes, y cercanos.

Y si eso no fuera suficientemente malo, fue entonces cuando noté sus zapatos. Estaban completamente bajo el agua. Miré los míos. El agua me llegaba a los tobillos.

—¡Jeremiah, ahora!

Se giró entonces, su cabello pegado a su frente, el agua brotando de su barbilla, y no sé qué vio en mi rostro, pero lo hizo detenerse. Señalé sus pies.

—¡Tenemos que irnos!

Estaba claramente sorprendido de ver sus pies bajo el agua. Asintió rápidamente y empacamos, metiendo todo en cualquier bolsa. No importaba. Dobló el trípode y emprendió el viaje de regreso y se detuvo.

—¿En qué dirección?

Era difícil decir ahora que todo se veía diferente. Todas nuestras huellas estaban bajo el agua y se borraron, pero había una raya rosa en un árbol a nuestra izquierda.

—Por aquí.

El regreso fue más duro y lento. La lluvia nos azotaba y avanzábamos penosamente a través del agua que nos llegaba casi hasta las espinillas y la arena empapada. Tuvimos que trepar y sortear ramas, y extendí mi mano para que Jeremiah la sostuviera mientras balanceaba sus piernas sobre una en particular.

Entonces algo salpicó en el agua detrás de nosotros.

Empujé a Jeremiah frente a mí.

—Muévete —grité—. ¡Vamos, vamos!

Como si la tormenta siguiera el ritmo con nosotros, el trueno retumbó y rugió y los relámpagos montaron un espectáculo de luces a nuestro alrededor. Y lo hicimos lo más rápido que pudimos. Mi corazón estuvo en mi garganta todo el maldito camino. Tenía rasguños en las piernas y las manos, pero no me importaba.

La marea alta estaba llegando demasiado rápido con la tormenta.

Pasamos más árboles con la pintura en aerosol, y cuanto más avanzábamos, más bajaba el nivel del agua y la arena estaba más firme bajo los pies hasta que Jeremiah se detuvo. Puso su mano en la raíz de un árbol, se inclinó, tratando de recuperar el aliento.

—¿Por qué te detuviste? Sigue adelante.

Señaló con la barbilla más allá donde, a través de los manglares, podía ver el Jeep.

Oh, gracias a Dios.

Suspiré, tomando bocanadas de aire.

La lluvia había amainado un poco, las nubes de tormenta habían pasado en su mayoría sobre nosotros, dejando atrás el sol poniente, la humedad y el sonido de pájaros y cigarras.

—Podemos parar cuando estemos en el Jeep —dije instándolo a que siguiera adelante—. La marea alta está llegando más rápido que nosotros.

Con un asentimiento, se recobró, escaló la raíz del árbol y caminó la distancia final hasta el pequeño terraplén donde estaba el Jeep. Dejó su mochila, con las manos en las caderas, jadeando.

—Eso fue divertido.

Divertido. ¿Acababa de decir…?

—¿Divertido? —Señalé el camino por el que habíamos venido—. Casi morimos. Varias veces.

Él sonrió.

—Obtuve algunas buenas lecturas.

Levanté las manos.

—Bueno, entonces eso hace que valga la pena morir, ¿no?

Se rio, caminó hacia mí, tomó mi rostro entre sus manos sucias y me besó. Un gran golpe húmedo en los labios.

—Gracias.

Me estaba dando un latigazo.

—¿Por qué?

—Por traerme aquí. Por hacer esto. Por marcar los árboles. Esa fue una gran idea.

—La gente de los cangrejos me dijeron que hacen eso —murmuré—. Tenían latas de pintura en aerosol. Les pregunté para qué era.

Sonrió y movió un poco de cabello de mi frente con su dedo. Tan suave y dulcemente.

—Y te interpusiste entre mí y lo que sea que fuera esa cosa que salpicó en el agua. Quiero decir, probablemente era solo un pez o algo así, pero aun así… Fue dulce. Gracias.

—Probablemente no era un pez, solo para que lo sepas. Probablemente era un cocodrilo o tal vez un tiburón de río del norte, dado que el agua no era muy profunda. Pero son los más pequeños con los que hay que tener cuidado. Los pequeños cocodrilos son los peligrosos. Son rápidos y…

Tomó mi rostro entre sus manos y tiró de mí para darme otro beso. Esta vez fue más profundo, bocas abiertas y lenguas juguetonas, y una forma muy efectiva de callarme, aparentemente. También hizo que toda mi ira se desvaneciera, y mis ganas de retorcerle el cuello se convirtieron en más ganas de seguir besándolo.

Cuando se apartó, estaba sonriendo.

—Probablemente deberíamos tratar de secarnos.

—Probablemente.

Estábamos empapados, desde nuestro cabello goteando hasta nuestras botas empapadas medio llenas de arena, pero cuando logramos secarnos y limpiarnos un poco, estaba anocheciendo y el agua llegaba hasta el terraplén y yo tenía la inquietante sensación de ser observado.

Así que, descalzos y con una buena cantidad de repelente de insectos, nos subimos al Jeep. Comimos frijoles horneados directamente de la lata, luego echamos los asientos delanteros hacia atrás todo lo posible, que no era mucho, y miramos por el parabrisas mientras las nubes eran reemplazadas por una brillante capa de estrellas.

—Es tan fácil ver por qué la gente de las Primeras Naciones creía que sus dioses venían de las estrellas —dijo Jeremiah en voz baja—. Es tan hermoso.

Me giré para mirarlo, su rostro plateado a la luz de la luna. Hablando de hermoso…

Luego, arruinando la serenidad de ese momento, se incorporó en su asiento.

—Necesito orinar. —Fue a abrir la puerta y lo agarré del brazo.

—¡No! —casi grité. Luego encendí los faros para mostrarle por qué. Una docena de pares de ojos nos devolvieron el destello, y unos cinco cocodrilos se deslizaron fuera del camino cuando la luz los iluminó.

Se encogió en su asiento, metiendo los brazos y levantando las piernas. Ahora estaba mortalmente pálido.

—¿Todavía necesitas orinar?

Sacudió la cabeza.

—No.

Me reí y, metiendo la mano en la parte de atrás, le encontré una botella de agua vacía.

—Si te desesperas, orina en eso.

Me lanzó una mirada salvaje.

—Puaj.

Riendo, apagué los faros y me recosté en mi asiento. Estaba oscuro y silencioso, pero después de unos minutos, escuché el roce de la ropa y luego el sonido de él orinando en la botella. Me reí.

—Te odio —murmuró.

Resoplé.

—No, no me odias.

Cuando terminó, lo tiró por la ventana.

—Lo recogeré mañana. Entonces nunca volveremos a hablar de esto.

Sonreí en la oscuridad y, después de un rato, tomé su brazo y atraje su mano a la mía. Entrelacé nuestros dedos y cerré los ojos.

—Jeremiah —murmuré somnoliento.

—¿Sí?

—¿Cuál es tu color favorito?

CAPÍTULO DOCE

JEREMIAH

APENAS DORMÍ, sabiendo que había cocodrilos fuera del Jeep. Me quedé esperando a oír un golpe o un ruido de raspado. Aunque sabía, racionalmente, que no era probable que un cocodrilo intentara trepar o atacar un vehículo, eso no detuvo mi imaginación.

Los manglares también eran ruidosos. Los pájaros y las cigarras nos cantaron toda la noche. Y para nada me quedé allí mirando a Tully mientras dormía, cómo sus pestañas proyectaban sombras en sus mejillas, el arco de cupido de sus labios, su barba de tres días, los mechones de su cabello salvaje y ondulado. Deseaba pasar mis dedos por él, pero por supuesto que no lo hice.

Tal vez me había salvado la vida hoy.

Con toda probabilidad, me habría atrapado la marea que subía rápidamente; no me había dado cuenta de lo rápido que llegaría. Y las marcas de pintura en los árboles. Yo no habría hecho eso, y después de darme la vuelta y cegarme por la tormenta, me habría perdido con seguridad. Perdido en una marea alta que subía rápidamente en los manglares infestados de cocodrilos. Y luego, con el fuerte chapoteo detrás de nosotros en el agua, él se puso en peligro para protegerme…

Por no hablar de los rayos.

La tormenta había sido baja y poderosa. Alta energía, baja presión barométrica, fuertes vientos y mucha actividad eléctrica, y no podía esperar a que saliera el sol para volver y ejecutar los datos.

A pesar de que otro día más significaba un día menos aquí. Un día menos con Tully.

Me gustaba él.

Me enfurecía, pero me desafiaba. Estaba enfadado porque no había entendido mi razón para querer venir a los manglares, pero ahora podía ver que su preocupación era por nuestra seguridad.

Y había tenido razón, por supuesto.

Pero yo también.

Necesitaba demostrarles a mis colegas en Melbourne que hablaba en serio y no era solo el bicho raro que todos pensaban. Necesitaba llevarles datos de los que ellos no tenían ni la aptitud ni los cojones para conseguir.

Y tal vez lo hice hoy.

Eso esperaba.

La luz del día se deslizaba por el horizonte, el cielo era una paleta pastel de rosas y naranjas. Me sentí aliviado al ver que el camino estaba libre de cocodrilos y, desde mi asiento, parecía como si el agua hubiera retrocedido, llevándose consigo a los cocodrilos.

Todavía no me bajaría del Jeep hasta que Tully me diera el visto bueno. Después de todo, nunca eran los cocodrilos que podías ver por los cuáles deberías preocuparte. Siempre eran los que no podías ver…

Me propuse sentarme con un fuerte bostezo y estirarme, luego enderecé mi asiento con un ruido sordo y funcionó. Tully abrió un ojo, se frotó la cara con las manos y luego se sentó.

—¿Sobrevivimos?

—Sí. Gracias a ti. ¿Se han ido todos los cocodrilos?

Miró por el parabrisas delantero y por su lado del Jeep.

—Eso parece. El agua está baja.

—¿Es seguro salir?

Él asintió, y cuando abrí mi puerta un par de centímetros, dijo:

—A menos que haya uno debajo del Jeep.

Podría haber gritado y haber cerrado la puerta, subiendo mis piernas a mi asiento. No sé por qué.

Se rio, y empujé su brazo.

—Eso no es divertido.

—Fue un poco divertido —dijo saliendo del Jeep sin ninguna preocupación en el mundo. Se puso de pie, estiró las manos por encima de la cabeza y bostezó.

Odiaba que fuera tan atractivo desde el momento en que se despertaba.

Y alegre.

E idiota.

Salí resoplando y al ver a Tully orinando en los manglares en su lado del Jeep, hice lo mismo en mi lado. Entonces recordé la botella que había tirado por la ventana durante la noche y fui a buscarla...

—Oh, Dios mío —dije caminando penosamente unos metros hacia los manglares. La arena estaba seca, afortunadamente, y era fácil caminar sobre ella, dado que estaba descalzo. La botella de agua en la que había orinado la noche anterior estaba ahora a unos cinco metros de la pista, completamente vacía y aplastada con varias marcas grandes de pinchazos.

La recogí, horrorizado, y volví hasta el jeep lo más rápido que pude. La sostuve para mostrársela a Tully.

—Mira esto.

Sus ojos se abrieron cuando se dio cuenta de lo que estaba mirando.

—Joder. ¿Es esa la botella en la que orinaste?

—Tiene que ser —dije mirando alrededor. No había otra botella por ningún lado y era de la misma marca—. Mira las marcas de los dientes. —Podría meter mi dedo índice a través de los agujeros.

Tully tomó la botella, como si fuera lo mejor que había visto en su vida.

—Se bebió tus electrolitos… —Luego se rio—. ¡Dios mío, es Gartorade! ¿Lo has pillado? La-Garto-rade. Excepto que es Cocod-rade.

Suspiré.

—Eso no es divertido.

Claramente pensaba que era gracioso.

—Me quedo con esto —dijo.

—¡Oriné en eso!

La sostuvo y la sacudió.

—Ahora no hay pis. El cocodrilo se lo bebió todo.

Puse los ojos en blanco, obviamente no iba a ganar esta discusión, y me subí al Jeep.

—¿Podemos irnos ahora?

Quitó el techo del Jeep para que todo pudiera secarse un poco y condujimos por un rato, la pista ahora era notablemente diferente. Los cráteres y agujeros estaban llenos de agua y el avance era más lento, y no fue hasta que volvimos a la pista más grande (todavía no la llamaría carretera) que pude dejar de agarrarme de la barra de apoyo el tiempo suficiente para rebuscar en nuestro equipo en busca de algo de fruta.

Le entregué una manzana, que tomó con una sonrisa.

—Gracias.

Me comí la mitad de la mía en unos pocos bocados, sin darme cuenta de lo hambriento que estaba.

—Tengo muchas ganas de ducharme. Me siento asqueroso.

—A mí me parece que estás fenomenal —dijo, su cabello revuelto por la brisa, su sonrisa despreocupada y sus ojos amables haciendo que mi corazón trastabillara. Se comió el resto de su manzana antes de tirar el corazón fuera del Jeep—. ¿Qué? —preguntó ante mi mirada inquisitiva—. Alimentará a los pájaros o crecerá un árbol.

Así que terminé mi manzana e hice lo mismo, ganándome una sonrisa de Tully.

—Ya sabes —dijo sobre el viento y el motor—. Probablemente deberíamos ducharnos juntos. Bajar el consumo de agua.

—Dado que es la temporada de lluvias y cae una barbaridad de agua todas las tardes, dudo que el tanque de la ducha se quede sin agua.

Se rio.

—Nunca se es demasiado cuidadoso.

DE VUELTA EN EL CAMPAMENTO, levantamos las paredes del búnker para dejar entrar un poco de aire y luego descargamos el Jeep. Tully revisó si había serpientes o ranas, y yo preparé un poco de café y organicé mi equipo.

Hacíamos un buen equipo.

Lo cual era la primera vez para mí, porque rara vez trabajaba bien con alguien más. Bueno, eso me gustaba mucho. Por lo general, era la otra persona a la que no le gustaba trabajar conmigo. Yo era demasiado *pedante* o un *fanático del control*. Lo cual, como le dije a mi jefe cuando solicitó una reunión conmigo para discutir este problema, honestamente debían admitir que sus estándares no eran lo suficientemente altos.

No tenía ganas de volver…

—¿Qué pasa? —preguntó Tully. Dio un sorbo a su café—. Acabas de suspirar dos veces en treinta segundos.

Lo hice una tercera vez solo por si acaso.

—Nada. Solo… No tengo ganas de volver a mi oficina en Melbourne.

Asintió hacia mi equipo sobre la mesa.

—Pero tienes todos estos datos nuevos.

—Y es bueno. —Dejé mi taza—. Bueno, espero que lo que recolectamos ayer sea buen material. Necesito…

—Tienes que justificar el gasto de venir aquí —terminó por mí.

—Sí. Pero también necesito demostrar que soy capaz y que me tomo la ciencia de esto muy en serio. No se trata solo de que me fascine un rayo por… por lo que pasó. —Respiré hondo y dejé salir el aire lentamente—. Necesito probar que soy mejor que ellos. *Soy* mejor que ellos. Solo porque no estoy en su pequeña camarilla, y porque no me siento a la mesa de los niños geniales. Estoy harto de esa mierda. Quiero llevarles estos datos y decirles, "escuchad, mirad lo que podéis hacer realmente si os sacáis la cabeza del culo".

Tully se rio, con los ojos muy abiertos por la sorpresa.

—Me gustaría ver eso.

—Hablo en serio sobre esto. Quiero avanzar en el campo y entender lo que pueda, con la esperanza de reducir la probabilidad de muertes por rayos. Por supuesto, eso es una prioridad. Pero hay más que eso.

—Es personal para ti —dijo en voz baja. Se acercó y tomó mi mano—. Nunca entenderán eso. Nunca te entenderán. Así que no los dejes salirse con la suya. Y esa camarilla de mierda del club genial es el instituto de nuevo. Que se joda esa mierda. Y que se jodan ellos.

Resoplé.

—Correcto. —Estudié su mano sobre la mía, y cuando fue a apartarla, rápidamente entrelacé nuestros dedos—. Gracias.

Me dio una sonrisa tímida, luego tomó mi mano y examinó mis nudillos, luego mis uñas. Se puso de pie y tiró de mí para ponerme de pie.

—Necesitas una ducha. Y necesito inspeccionar que hagas un trabajo minucioso.

Hubiera objetado, pero me desnudó y me empujó a la ducha, deslizándose contra mí, usando sus manos talentosas para limpiarme, y su boca... Dios mío, la forma en que usó su boca...

Le devolví el favor, poniéndome de rodillas ansiosamente por él como él lo había hecho por mí.

Y después, durmió una siesta en la cama mientras yo descargaba todos los datos del día anterior. Aunque seguía mirando a Tully. Se veía tan tranquilo, tan cómodo, que no quería nada más que olvidarme del trabajo por un momento y unirme a él.

Así que lo hice.

Me acosté a su lado e inmediatamente se dio la vuelta y pasó su brazo y su pierna sobre mí. Sonreí en su pecho. Presionó un suave beso en mi frente. Cerré los ojos, sonriendo, probablemente más feliz en ese momento de lo que nunca había estado.

Y dormimos.

—MIERDA —dijo Tully—. Despierta, despierta.

Me senté, aturdido y confundido. Había estado tan profundamente dormido que me tomó un segundo recordar dónde estaba.

Entonces noté el pitido del radar y el viento fuera.

Mierda.

Tormenta, entrante.

—Ayúdame a bajar el costado —dijo corriendo hasta el otro extremo del búnker—. Viene del este. Va a ser una de las buenas.

Corrí hasta mi extremo del búnker y bajamos la pared, el viento luchó contra nosotros mientras lo conseguíamos. Una vez que estuvo cerrado, bajamos el otro lado hasta la mitad y luego nos agachamos para mirar el cielo.

Oscuro, presagiando, y como dijo Tully, viniendo desde la dirección equivocada. Los árboles eran azotados con furia, y el trueno comenzó a sonar.

Me palmeó la espalda.

—Vamos a preparar tu equipo.

Lo seguí, los dos corriendo adentro. Cogió la estación

automática y, sin que yo se lo pidiera, corrió hasta el otro extremo del claro para instalarla. Le di un pulgar hacia arriba cuando obtuve las primeras lecturas, y corrió de vuelta, revisando rápidamente las pantallas de las cámaras tan pronto como entró, mientras yo abría los radares.

—¿Cómo se ve? —preguntó.

—Es un frente amplio —respondí—. A unos diez kilómetros de nuestra ubicación, pero se dirige directamente hacia nosotros. Se está moviendo bastante rápido. —Señalé la banda de nubes con múltiples puntos blancos—. Alta actividad eléctrica y granizo.

—Excelente.

—Lo sé…

Solo cuando lo miré a la cara me di cuenta de que estaba siendo sarcástico.

—Sí, está bien —murmuré.

Caminó hacia la puerta.

—Ayúdame a poner la lona sobre el Jeep.

Era una gruesa sábana de lona verde militar, y nos costó trabajo a los dos asegurarla con el viento. Para cuando terminamos, la lluvia había comenzado.

Era delgada y como una aguja lanzada a toda velocidad por el viento, y me alegré cuando Tully me llevó adentro y cerró la puerta detrás de nosotros.

—Vaya —dijo en un suspiro—. Va a ser buena.

Fue a revisar el radar y las lecturas, emocionado como yo estaba, y me encantaba que amara esta parte tanto como yo.

La preparación, la anticipación antes de que llegara la tormenta. La forma en que el aire se volvía espeso y denso, madurando la atmósfera para el rayo.

Retumbó un trueno y un crujido estalló no muy lejos

de nosotros. Tal vez a cinco kilómetros de distancia, y mi emoción creció aún más.

—No puedo creer que hayamos dormido tanto —dijo Tully.

Yo tampoco. Habíamos dormido la siesta durante horas.

—No me desperté ni una sola vez —admití—. Tan pronto como pusiste tu brazo sobre mí, se desconectaron mis interruptores.

Intentó controlar su sonrisa.

—No esperaba que te unieras a mí.

—Apenas dormí en toda la noche. Seguía esperando que un cocodrilo abriera la puerta o se subiera al Jeep y cayera por la parte superior de la capota.

Se rio, justo cuando un trueno sacudió el búnker y un relámpago iluminó el cielo oscurecido. La advertencia del radar comenzó a sonar en mi ordenador portátil y entramos en acción.

—Jesús, se ve salvaje ahí fuera —dijo Tully con los ojos pegados a la pantalla de la cámara—. Voy a bajar el otro alerón.

Asentí.

—Buena idea.

Las imágenes del exterior mostraban los árboles siendo azotados en todas direcciones, la capa de nubes era baja y pesada, hinchada y ondulada. Los rayos enviaban sus ráfagas de electricidad a través de las nubes, rompiendo la negrura y siseando, enviando horquillas al suelo en el bosque que nos rodeaba. La lluvia azotaba el búnker, el viento rugía, sacudiendo los alerones, y no podía escuchar nada por el furor de la tormenta.

Vi la estación automática ser arrancada del suelo, y un segundo después, los datos del viento cortados.

Maldita sea.

Tully me agarró del brazo y tuvo que gritar para que pudiera oírlo.

—Déjalo. Es muy peligroso. Los árboles están siendo derribados allá.

Miré la pantalla de imágenes y vi una pequeña rama dispararse a través del claro.

Asentí, porque incluso yo sabía que era demasiado peligroso salir.

Y luego el bidón de agua voló a través del claro.

Jesús.

Fue ensordecedor, pero de alguna manera el búnker permaneció ileso. Oh, tembló y crujió, pero aguantó...

Entonces un sabor familiar y terrible llenó mi boca. Era empalagoso y fuerte. Iba a estar cerca.

Mierda.

—¡Rayo! —grité.

Tully se giró para mirarme, confundido, justo cuando el trueno retumbó tan cerca, tan fuerte, que casi nos derriba. Y con un destello de luz brillante fuera, un enorme crujido atravesó el búnker. Ensordecedor.

Alarmante.

El tablero de energía explotó, saltando chispas.

Tully se abalanzó sobre mí, me agarró atrayéndome hacia él y me rodeó con sus brazos, agachando mi cabeza contra su pecho. Mis oídos se cubrieron, y por un momento, todo lo que pude escuchar fue su corazón, su pulso. O tal vez era el mío. Nuestras respiraciones jadeantes, un brazo alrededor de mi espalda, el otro sosteniendo mi cabeza.

Él me estaba protegiendo.

Después de unos minutos desgarradores, el sonido de la lluvia y el viento se extinguieron, si la tormenta había disminuido o si solo era mi oído, no podía estar seguro.

Pero me abrazó hasta que nuestros pechos dejaron de palpitar. Cuando me hizo retroceder lentamente, vi la mirada de miedo en su rostro. Estaba un poco más pálido, con los ojos muy abiertos. Había un olor acre a humo, pero afortunadamente no había fuego. El tablero de energía todavía estaba ardiendo.

—¿Acabamos de ser alcanzados por un rayo?

Tragué con dificultad, el sabor acre a cobre persistía en mi boca.

—El búnker, sí. —Los pararrayos del techo funcionaron.

Cuando me soltó, noté que le temblaban las manos. Rápidamente agarré una mano y la sostuve, presionando cariñosamente.

—¿Estás bien?

Se pasó la otra mano por el pelo, miró alrededor de la habitación, desconcertado. Se acercó a la placa de alimentación y la sacó de la toma de corriente.

—Oh, sí. Creo que sí.

Necesitaba un trago. Mi lengua se sentía podrida. Bebí media botella. No me quitó el mal gusto.

—Supiste que estábamos a punto de ser golpeados —dijo Tully declarando lo obvio.

Le lancé una mirada.

—Sí. Todavía puedo saborearlo.

Puso su mano en mi espalda.

—¿Te sientes bien?

—Estoy bien. Físicamente. ¿Y tú?

Se medio encogió de hombros, luego agarró mi muñeca y miró mi reloj.

—La frecuencia cardíaca está alta.

—Apuesto a que la tuya también lo está.

Asentí con la cabeza hacia mi equipo en la mesa, ya no había luces parpadeando.

—Estamos sin señal.

—El video sigue grabando —dijo yendo a ver más de cerca—. El que manejas por separado. Parece que lo peor de la tormenta ya pasó.

Todavía estaba lloviendo, y el viento todavía jugaba con los árboles y había escombros, ramas y hojas, esparcidos por el claro, pero no era tan fuerte.

—Deberíamos revisar tu Jeep —le dije dado que era nuestro transporte.

—Y tu estación automática —dijo—. Probablemente esté envuelta alrededor de un árbol. —Luego señaló el techo—. Tendré que revisar tu amplificador. Tal vez voló.

O estaba frito.

Hizo una mueca y luego dejó escapar un largo suspiro.

—No puedo creer que nos haya caído un rayo. Esa mierda da mucho miedo.

—Gracias a Dios quien construyó esto puso pararrayos en el techo. O tú y yo estaríamos muertos, lo más probable.

Sus ojos se encontraron con los míos, solemnes y sombríos con la confirmación de lo cerca que estuvimos, y asintió.

—Está bien, ayúdame a levantar los alerones. —Se detuvo antes de tocar la manivela y echó el brazo hacia atrás—. Eh, ¿es seguro tocar esto?

—Sí. Los pararrayos tienen líneas de metal al suelo que

desvían la energía. Una vez que se conecta a tierra, está bien.

Todavía no estaba muy interesado en poner su mano sobre eso, así que tomé la botella de agua y le eché un chorro de agua. Nada chisporroteó ni siseó.

—Uf —dijo tocando con cautela el mango con el dorso de la mano—. Bueno, está bien.

Una vez que levantamos los alerones, la lluvia se había convertido en una suave llovizna y el viento también se había calmado. Salimos y evaluamos los daños.

El Jeep tenía una rama, pero afortunadamente el parabrisas y las ventanas estaban intactos. Estaba bastante empapado, pero por lo demás ileso. El bidón de agua estaba en la línea de árboles al lado del claro. Tully salió a recogerlo y yo me dirigí al otro extremo para buscar mi estación meteorológica automática.

No estaba en el claro, así que me dirigí a la línea de árboles en el extremo superior. Recogí algunas ramas más pequeñas que estaban esparcidas y las arrojé a los árboles para que no se convirtieran en un misil en la próxima tormenta.

Luego caminé un poco entre los árboles y, efectivamente, noté el trípode a unos veinte metros. Estaba de cabeza, roto y medio enrollado alrededor de un árbol. La pantalla estaba aplastada, los brazos del anemómetro y los sensores estaban rotos.

Maldita sea.

La inspeccioné, sin esperanzas de que pudiera ser reparada. Pero la caja del equipo parecía mayormente intacta. Esperaba poder salvar algunos datos…

Regresé al cobertizo, solo para encontrar a Tully trepando al techo.

Porque casi no había muerto suficientes veces en las últimas veinticuatro horas.

—Por favor, ten cuidado —le grité.

Hizo un gesto con la mano y caminó con cuidado a través de la cresta, donde se detuvo en lo que ahora podía ver era el amplificador, que me había preparado a lo MacGyver en nuestro primer día. Lo recogió, claramente ya no estaba asegurado, y pude ver por qué habíamos perdido nuestra señal.

Era un trozo de baba negra derretida.

—Ah —dijo arrojándolo al césped de abajo—. No lo toques. Todavía está un poco caliente.

Fui a inspeccionarlo y, sí, estaba casi irreconocible.

Tully bajó, sacudiéndose las manos cuando llegó a detenerse a mi lado.

—DEP el aparatito —dijo—. ¿Fue eso lo que golpeó el rayo? ¿O simplemente se frio por estar tan cerca de la barra?

Usé el trípode roto para voltear el amplificador derretido sobre la hierba.

—Difícil de decir. Pero simplemente frito por estar tan cerca, pensaría. Si fuera un golpe directo, habría volado en pedazos.

Tomó el trípode y, cuando lo levantó, se dobló por la mitad.

—Por Dios, esto también está destrozado.

Asentí, incapaz de ocultar mi decepción.

—Sí.

Me miró, estudiando mi rostro durante unos segundos.

—¿Sabes lo que pienso? Creo que este equipo es reemplazable. —Me tocó en el pecho—. Tú no.

Me encogí de hombros. Sabía que lo que decía era cierto, pero maldita sea…

—Lo sé —susurré—. Es solo… no es reemplazable. No para mí de todos modos.

Abrí la caja de datos y arrojé el trípode roto junto a la puerta, con todo el resto del material de desecho, y entré. Cerré mi ordenador portátil, no tenía sentido mirar una pantalla negra. Y vi a Tully en la pantalla de la cámara. Estaba de pie justo donde lo había dejado fuera. Se pasó la mano por el pelo y se dirigió hacia la puerta. Desapareció de la pantalla cuando entró.

Me tiré en la cama con un suspiro y pasé mi brazo sobre mis ojos.

Unos momentos después, Tully se arrodilló sobre mí y me apartó el brazo.

—Oye —dijo—. Háblame.

Estaba siendo petulante. Sabía que lo era. Pero aún… No pude evitar la forma en que me sentía.

—Mi equipo no es reemplazable porque no tengo dinero, y ahora que no tengo equipo, no puedo hacer nada. Me voy en dos días y ahora tengo que volver sin mis instrumentos, sin ningún dato —señalé la mesa—, porque probablemente esté todo frito y se siente como un fracaso. La forma en que todos esperaban que fallara. Es como si les estuviera dando la razón a esos imbéciles. Y todo lo que quería era volver y demostrarles que era digno. Ahora no quiero volver, de ningún modo.

Bueno, eso salió mucho más fácil de lo que esperaba. Me sorprendí de cuan fácil era decirle esto. Cuan fácil era hablar con él.

Traté de liberar mi brazo para poder cubrir mi cara,

cubrir mi vergüenza, pero él me agarró con más fuerza y me sujetó a la cama. Sus ojos se clavaron en los míos.

—Oye. Escúchame. No eres un fracaso. Sobreviviste a dos tormentas eléctricas en dos días. Estuvimos más cerca de los rayos de lo que teníamos derecho a estar. Apuesto a que esos empollones con los que trabajas nunca han estado tan cerca de una tormenta en sus miserables vidas. Tienes buenos datos. Datos que puedes analizar durante meses. Datos que te darán nueva información, nuevos hallazgos. Y entonces esos imbéciles sabrán lo bueno que eres. —Se sentó a horcajadas sobre mí, dejando todo su peso encima y me soltó los brazos—. Ahora sobre tu equipo, no te preocupes por eso. Puedo conseguirte cosas nuevas.

—No tienes que hacer…

—Sí, lo hago. Porque estoy bastante seguro de que el soporte a lo MacGyver que le puso a tu amplificador es lo que hizo que estallara. —Se encogió de hombros—. Así que técnicamente es mi culpa.

—No, no es cierto. No usaste metal. Solo madera y bridas de plástico.

Se inclinó y me besó.

—Shh. Fue mi culpa.

—Tully…

Sujetó mis manos sobre mi cabeza esta vez.

—Dije shh —dijo con una sonrisa sensual—. Todo tu equipo está apagado, está lloviendo fuera. No tengo nada que hacer… excepto tú.

Hubiera objetado, tenía toda la intención de objetar, pero él llamó toda mi atención, frotándose, y mis caderas rodaron involuntariamente. Sonriendo, puso sus rodillas entre mis piernas y las separó.

Jadeé, y mi reloj comenzó a sonar como loco…

Se rio y puse los ojos en blanco, pero luego me besó, profundo y pornográficamente, hasta que nada más existió. Sin problemas de dinero, sin problemas de trabajo, sin casi morir dos veces en veinticuatro horas, sin dejar este lugar, y sin mi estúpido reloj que solo dejó de sonar cuando Tully me lo quitó de la muñeca.

Nada más que él y las cosas obscenamente buenas que le hizo a mi cuerpo.

CAPÍTULO TRECE
TULLY

ALGO ERA diferente en Jeremiah después de la última tormenta. Entendía lo de su equipo y no tener el dinero para reemplazarlo. Y entendía que necesitaba demostrarles a sus colegas idiotas en Melbourne que era más que un tipo obsesionado con los rayos.

Él era un científico. Era inteligente y tenía agallas. Estaba decidido y motivado.

Todo lo que quería era ser tomado en serio y ser reconocido por su trabajo.

Y tal vez estaba más molesto por no poder leer ninguno de sus datos porque su amplificador era una pila de metal y plástico derretido. O tal vez perdió los datos. No lo sabríamos hasta que pudiera echar un vistazo. Y era desmotivante.

Pero no era solo eso.

Esa última tormenta lo había sacudido.

—¿Seguro que estás bien? —pregunté.

Estábamos sentados con las piernas cruzadas en la cama con cuencos de arroz en el regazo. Apenas había tocado su cena. Incluso después de la alucinante tarde que pasamos en la cama, su estado de ánimo pesaba a su alrededor como las nubes fuera.

—Sí —respondió, más un murmullo que una palabra.

—Tenemos que irnos mañana —dije, no por primera vez. Señalé el sonido de la lluvia en el techo—. Este es el verdadero comienzo de la temporada de lluvias. Han pronosticado dos días de fuertes caídas y eso significa que todos los caminos de entrada y salida estarán bajo el agua. A menos que quieras que te saquen en helicóptero, o que quieras quedarte aquí tres o cuatro meses…

Sus ojos se clavaron en los míos y me di cuenta de que había dicho las palabras mágicas.

No solo no quería volver a Melbourne y volver al trabajo. No quería volver por nada.

—Me gustaría quedarme aquí —dijo en voz baja—. Sé que no es posible ni factible, en absoluto. Nos quedaríamos sin comida en unos días, y no me apetece comer cocodrilo.

—Los cocodrilos no son una comida cuestionable —dije tratando de aligerar el ambiente—. Es la captura del cocodrilo lo que es problemático.

Se encogió de hombros.

—Si llueve lo suficiente, podría ir y ponerme en medio del claro como cebo.

—Eso no es divertido.

Él sonrió.

—Un poco sí.

Sonreí y terminé el último bocado de mi arroz. Al menos había sonreído algo; era un comienzo.

Suspiró y removió su arroz un poco antes de apartarlo con disgusto.

—¿Ya estás harto de mi cocina?

Estaba apuntando a lo divertido, pero parpadeó, con los ojos muy abiertos.

—Oh, no, en absoluto. Simplemente no tengo tanta hambre. Lo siento.

—Está bien. Solo hay un tanto de días que puedes comer arroz picante.

—De hecho, me gusta mucho —dijo. Luego frunció el ceño—. Desearía no tener que irme. Ojalá pudiera quedarme aquí. Sólo nosotros dos. —Luego se encogió—. O solo yo, si eso suena un poco presuntuoso. Yo solo... —suspiró—. Es simplemente estar aquí contigo, sin responsabilidad, sin mundo exterior. Simplemente persiguiendo las tormentas, haciendo lo que queremos cuando queremos, y...

—Y teniendo buen sexo —terminé por él.

Se sonrojó, su sonrisa tímida.

—Ha sido el mejor momento de mi vida —admitió, sus ojos azules profundos como el océano—. Eso probablemente te suene tonto, pero ¿esto? —Hizo un gesto hacia el búnker, luego hacia mí—. Esto no le sucede a hombres como yo.

—¿Qué quieres decir con hombres como tú?

—Empollón. Solitario. Bicho raro. Fenómeno. Creo que hay una lista.

—Quieres decir inteligente y sexi, con cojones del tamaño de pelotas de baloncesto.

Se quedó boquiabierto y luego se tocó la entrepierna.

—¿Qué?

—No literalmente. —Me reí—. Metafóricamente hablando. Tienes bolas de acero. Eres valiente.

Su sonrisa se torció y frunció el ceño.

—Tuve miedo hoy. Y ayer —susurró—. Por ti. Tenía miedo por ti. Por haberte puesto en peligro, y lamento haberlo hecho.

—Tú no me obligaste a hacer nada.

—En realidad, lo hice un poco. Dije que tomaría tu Jeep e iría a los manglares sin ti si no querías venir.

Me reí.

—Ya agregué terco a la lista de inteligente y sexi.

Se mordió el interior de su labio por unos momentos.

—Gracias por traerme aquí —dijo encontrando mi mirada una vez más—. Sé que acorté tu tiempo libre, y tener que cuidarme no debe haber sido tu idea de diversión.

—¿Estás bromeando? ¡Lo he pasado de lo mejor! Estás olvidando que esto es lo que hago. Estaría aquí sin importar si estuvieras conmigo o no. Cazatormentas, ¿recuerdas? Y la compañía ha sido genial. Realmente he disfrutado tenerte aquí. Además, el sexo ha sido increíble.

Volvió a sonrojarse y jugueteó con los dedos.

—Solo quiero que sepas que estoy agradecido, eso es todo.

—De nada. Tal vez la próxima vez que vengas aquí, uno de nosotros recordará los condones para resolver el argumento de "quién es el activo" de una vez por todas.

Se rio entonces.

—Trataré de recordarlo.

—No lo olvidaré, créeme.

Se levantó de la cama, recogió los tazones y los llevó al fregadero.

—Gracias de nuevo por la cena.

Lo observé mientras comenzaba a lavar, luego me acerqué y me apoyé contra el mostrador.

—Entonces, sobre mañana.

—¿Qué pasa?

—Deberíamos recoger esta noche, así que en la mañana desayunaremos, cargaremos el Jeep y nos podremos ir.

Él asintió solemnemente.

—Suena bien.

Tomé el paño de cocina y comencé a secar.

—Entonces, ¿dónde te hospedas en Darwin?

Me miró, confundido.

—No me hospedo allí.

—Oh, es solo que dado que nos vamos de aquí dos días antes —dije—. Me preguntaba si tenías algún lugar donde quedarte. ¿Cuándo es tu vuelo?

Hizo una pausa.

—Oh. No había pensado en eso. —Negó con la cabeza, enfadado consigo mismo—. Veré si la aerolínea puede modificar mi reserva. Estoy seguro de que tengo un billete abierto. —Hizo una mueca—. Espero que lo sea, al menos.

—Puedes quedarte conmigo —le ofrecí, apuntando a lo casual, sintiendo cualquier cosa menos eso—. Todavía estoy de vacaciones en el trabajo, así que no se espera que esté en ningún lado. Puedo hacer de guía turístico en Darwin en lugar de aquí, si quieres. Mi casa es lo suficientemente grande. Tengo una habitación libre si estás harto de compartir conmigo, y... —Moví las cejas hacia él—. Tengo un suministro decente de condones y lubricante.

Toda su cara se puso roja, ni siquiera la parte superior de sus orejas estaba a salvo. Miró las burbujas en el fregadero.

—Ah, eh...

Lo estaba considerando, me di cuenta. No quería decir que no, simplemente no estaba seguro de si debía decir que sí. Yo tenía que golpear mientras el hierro estaba caliente.

—Y deberíamos llevar tu equipo a la oficina de Darwin.

Eso hizo que me mirara.

—¿Para qué?

—Para revisar la caja de datos y ejecutar tu ordenador portátil, ver si sobrevivió a la subida de tensión. Tendrán el equipo para descargar tu información. Así sabrás lo que tienes antes de volver a Melbourne. —No tenía idea si eso era lo que hacían los meteorólogos en el campo, pero sonaba bien—. No lo sé —agregué—. ¿Es eso lo que hacen los científicos inteligentes y sexis?

Luchó contra una sonrisa.

—¿Me estás pidiendo que me quede contigo hasta mi vuelo programado?

Por supuesto que se iba a quedar.

—Maldita sea, te lo estoy pidiendo. Más tormentas, más cosas científicas y más sexo. ¿Qué no te gusta?

Entonces sonrió.

—Bueno.

CARGAR el Jeep y cerrar el búnker se sintió realmente definitivo. Como si estuviéramos dejando algo atrás. No cualquier cosa física, sino tal vez una parte de nosotros mismos.

Nunca había traído a nadie especial al búnker, y ahora no estaba seguro de querer volver solo.

Ahora que sabía lo bueno que podía ser compartirlo con alguien.

Vacié el último bidón de gasolina en el Jeep y salté

detrás del asiento del conductor. La lluvia seguía cayendo constantemente y tuve que sacudirme el pelo como un perro, para que no me chorreara el agua por la cara.

Jeremiah me dio un empujón.

—Puaj.

Se limpió la cara melodramáticamente cuando encendí el motor.

—¿Estás listo?

—No precisamente. ¿Qué tan malos serán estos caminos?

—Conducibles —respondí—. Pero si lo dejamos por más tiempo, necesitaríamos un aerodeslizador.

Él suspiró.

—Dijiste que todos los caminos en los que hemos estado eran conducibles. Te puedo asegurar que tenemos diferentes opiniones sobre donde se puede conducir.

—No será tan malo —le dije, tratando de ayudarlo a relajarse—. Solo tenemos que vencer a la lluvia, ser más rápidos.

Sonreí y comencé a conducir lentamente. El camino de salida estaba mojado y resbaladizo, y no quería correr el riesgo de meternos en una zanja. La lluvia era constante y pesada, incluso peligrosa. Probablemente deberíamos habernos ido ayer después de la tormenta.

—Creo que debería estar agradecido de que hayas puesto el techo —dijo con una mano en la barra de oh-mierda mientras rebotábamos en una parte particularmente dura.

—Lo odias ahora —le dije—. Pero extrañarás esto.

Me lanzó una mirada que era mitad "Absolutamente no lo haré" y mitad "cállate, sé que lo haré".

En la bifurcación de la pista, esta vez giramos a la derecha. Habíamos ido a la izquierda hacia los manglares y ahora podíamos ver que toda esa área hacia el oeste ahora estaba *muy* pantanosa.

—Oh, Dios. ¿Es ahí donde estábamos?

Asentí.

—Diez kilómetros más allá.

—Jesús —susurró—. Habría muerto aquí con seguridad.

Me reí.

—Por eso me tienes a mí. Así que tal vez la próxima vez que diga, "oye, no es una buena idea ir a los manglares en esta época del año", podrías escuchar. Porque cuando se trata de estar aquí, yo soy el experto.

Justo en ese momento golpeé un bache muy grande, muy profundo y húmedo, y rebotamos tan fuerte que casi nos golpeamos la cabeza contra el techo.

Se sujetó con las dos manos y me lanzó una mirada entrecerrada.

—¿Qué decías?

TODAVÍA LLOVÍA, pero cuanto más al sureste íbamos, mejor se volvía la pista hasta que giramos en una carretera real. Y más triste me puse. No quería que mi tiempo con él terminara, y cada kilómetro que conducíamos, se sentía como si estuviéramos dejando atrás nuestro tiempo juntos.

Claro, había accedido a pasar otros dos días en Darwin. Pero estar aquí en el búnker con él había sido especial, y fue solo cuando nos íbamos que realmente me di cuenta de eso.

Cuando llegamos a una carretera asfaltada, la lluvia había amainado y Jeremiah me pidió que detuviera el Jeep.

—¿Por qué?

—Quiero enrollar la capota hacia atrás —dijo con una sonrisa—. Si tengo dos días más de libertad, quiero sentirlo.

Así que enrollamos el techo hacia atrás, y mientras conducíamos de regreso a la civilización, a través de los antiguos bosques verdes de Kakadu, el viento alborotó nuestro cabello y Jeremiah levantó las manos hacia el viento y se rio.

Sí. Lo iba a extrañar muchísimo.

CAPÍTULO CATORCE

JEREMIAH

REPOSTAMOS EN JABIRU, y me encontré con Tully en el mostrador de la estación de servicio.

—Lograsteis salir antes de las lluvias —dijo el hombre detrás del mostrador—. Me preguntaba cómo os iba por ahí.

—Fue triste acortar este viaje —dijo Tully.

Me apresuré a agregar una botella de Coca-Cola y algunos bocadillos al total de combustible de Tully y él me sonrió.

—¿Algo más?

Negué con la cabeza.

—A menos que quieras algo.

Miró los chupachups y las Pringles.

—Quiero la mitad de eso.

Puse los ojos en blanco, tomé mi reserva y el hombre que nos atendió se rio.

—Nos vemos pronto, muchachos.

Sí, bueno, por mucho que deseara lo contrario, eso no era probable. Asentí de todos modos y volví al Jeep. Ahora entendía por qué todos los chicos geniales manejaban sin la capota en sus coches. La sensación del viento en mi cabello se sentía como libertad. Sentado al lado de Tully, captando su risa y esa maldita sonrisa, apuntándome directamente… fue lo más cercano a la verdadera felicidad que jamás había sentido en mi vida. Sin preocupaciones, todo mientras era mi verdadero yo.

Nunca había compartido mi verdadero yo con nadie. Solo con él. Y ese tiempo estaba llegando lentamente a su fin.

A medida que nos acercábamos a Darwin, a medida que el tráfico aumentaba a nuestro alrededor, a medida que la vegetación se convertía en granjas y luego en casas, no pude evitar sentirme un poco triste.

—¿Has estado en Darwin antes? —preguntó Tully.

—Solo el aeropuerto, durante una hora, luego volé a Jabiru y te encontré.

—Te mostraré los alrededores —dijo inclinándose y tomando mi mano. La llevó a su muslo, dejándola allí, sonriendo ante mi sorpresa. Mantuvo su mano sobre la mía, a menos que tuviera que cambiar de marcha, pero se apresuraba a agarrarla de nuevo, apretándola cariñosamente, deslizando sus dedos entre los míos.

Me emocionó y me hizo doler el corazón.

¿Por qué no podía encontrar esto en mi vida real?

¿Por qué algo tan perfecto tenía que terminar?

Traté de alejar esos pensamientos intrusivos, hasta que estuvimos en el centro de Darwin y me di cuenta, estúpidamente tarde, de que las calles por las que conducíamos eran muy bonitas. Casas enormes, nuevas y perfectamente limpias y ordenadas, coches caros y palmeras, y…

Y redujo la velocidad en un camino de entrada, la

puerta automática de la propiedad se abrió deslizándose. Entró, abrió la puerta del garaje y aparcó junto a un Range Rover muy caro.

Abrió la puerta, salió y estiró los brazos en alto con un sonoro bostezo.

—¿Vas a salir?

No estaba seguro de sí debería hacerlo.

—¿Esta es…? ¿Aquí vives?

Miró a su alrededor, confundido.

—Eh, ¿sí? Esta es mi casa. Mía y del banco.

Tenía las paredes enlucidas de blanco, e incluso el garaje estaba impecablemente limpio. Y el coche…

—Eh, ¿esto también es tuyo? —Señalé con la barbilla el Range Rover.

—Sí. La empresa los alquila. Recibo uno nuevo cada dos años.

Debe ser increíble.

—Genial.

Se encogió de hombros, como si no fuera gran cosa.

—Primero descarguemos el Jeep. Bajaremos todo y nuestras bolsas van directamente a la lavandería. —Abrió la puerta trasera y sacó mi caja de equipo, colocándola suavemente junto a la puerta que supuse que entraba a la casa. Llevaba la caja de comida sobrante. Cogí nuestras maletas y lo seguí dentro.

Entramos por lo que rápidamente me di cuenta de que era un cuarto de lavado. Excepto que era casi del tamaño de todo mi apartamento. El suelo estaba oscuro, los armarios eran todos de un blanco brillante, un juego completo de encimera y armarios.

—Déjalas aquí —dijo señalando nuestras bolsas—. Tendremos que lavar todo.

Las apoyé junto a la lavadora y lo seguí al resto de la casa. Era enorme, de planta abierta, de dos pisos. Las paredes eran blancas, el piso de mármol gris oscuro, los muebles eran de diseño y la cocina era ridículamente lujosa. Había gabinetes blancos brillantes y un banco de piedra gris oscuro que se abría a la sala de estar con un sofá que parecía tan cómodo como caro. Pero nada de eso era ni siquiera la mejor parte. Porque había puertas de vidrio que conducían a un balcón y, efectivamente, daba directamente al océano.

¿Era esto una broma?

Deslizó la caja sobre la encimera y abrió la puerta de un armario, que me di cuenta era una nevera empotrada. Dios.

Descargó los productos enlatados en la despensa y puso la caja en el suelo.

—Vamos, te daré un recorrido.

—¿Hay más?

Se rio y abrió el camino escaleras arriba.

—Habitación libre —dijo señalando una puerta—. Otra habitación libre. Baño por ahí. Y esta —dijo abriendo una puerta al final del pasillo—, es mi habitación.

Era enorme y tenía su propio balcón. Todo era enorme. La habitación, la cama, el vestidor, el baño y, por un segundo, me costó mucho encajar esta casa con el hombre con el que acababa de pasar días en la jungla tropical, alojándose en un búnker de hojalata y conduciendo un viejo Jeep destartalado. No estaba seguro de cómo podían ser la misma persona…

Pero entonces noté las fotografías enmarcadas en la pared. Es decir, ellas también parecían pertenecer a un museo, todos los marcos negros dispuestos ingeniosamente. Pero eran fotos en blanco y negro de tormentas.

Nubes de lluvia y relámpagos.

Se detuvo a mi lado.

—Tomé esas fotos —dijo en voz baja, y ambos estudiamos cada imagen.

Me acerqué a una, señalándola.

—Ese es el búnker.

—Sí, él mismo. —Pasó su brazo por encima de mi hombro, colocándome efectivamente debajo de su brazo, y señaló otra foto—. Y en esa. Y ésta. No puedes ver el búnker en absoluto, pero ese es el claro con la vista hacia el este. Tiene algunos años, así que los árboles se ven un poco diferentes.

—Me encantan estas fotos —susurré—. Estaba empezando a pensar que esta no era tu casa.

Se apartó para poder mirarme a los ojos.

—¿Qué quieres decir?

Me encogí de hombros.

—Todo esto es muy extravagante y lujoso, y a quién conozco acaba de pasar una semana corriendo por la jungla sin camisa ni zapatos en un Jeep destartalado.

Sonrió y tomó mi mano, llevando mi palma a su mejilla, y cerró los ojos.

—Ese es quien soy —murmuró. Sus ojos marrones se encontraron con los míos—. Allá afuera, donde no tengo expectativas ni obligaciones. ¿Aquí? —dijo mirando alrededor de la habitación—. Crees que todo esto es glamur, pero en realidad no. Quiero decir, lo es. Sé que tengo el privilegio de tener esto. Lo sé. Así que sí, este también soy yo, pero este yo es donde la vida real quita el brillo de lo que soy. —Dejó caer mi mano y frunció el ceño—. No me malinterpretes. No soy un pobre niño rico llorón, pero quien estuvo contigo esta última semana fue el yo que nadie más puede ver.

Oh, vaya. Bueno, no esperaba una honestidad tan sincera. Y no esperaba que hiciera eco de mis pensamientos tan completamente.

Puse mi mano en su pecho.

—Quien fui esta última semana contigo también era mi verdadero yo. El yo que nadie más entiende. O le gusta.

La comisura de su boca se elevó en una media sonrisa, y puso su dedo en mi barbilla, acercándome para un suave beso.

—Me gustas.

CAPÍTULO QUINCE

TULLY

LE DI a Jeremiah unos pantalones cortos y una camiseta de mi guardarropa y le entregué una toalla limpia.

—Ven abajo cuando hayas terminado.

—Oh, necesito mi kit de afeitado.

Froté mi pulgar a lo largo de su desaliñada mandíbula y tarareé.

—O podrías dejarlo así.

No quería nada más que meterme en la ducha con él, y casi lo hago, pero ducharme después de una semana de campamento era algo solitario. Claro, la ducha en el búnker era buena, pero aquí tenía agua caliente, gel de ducha y un inodoro con cisterna.

Lo dejé así y bajé. Vacié mi bolsa de ropa sucia en la lavadora e hice un pedido rápido de algunos artículos esenciales, y acababa de terminar de pedir pizza cuando Jeremiah bajó las escaleras.

—Hm —dije apreciativamente—. Me gustas con mi ropa. ¿Notaste que no te di ropa interior?

Puso los ojos en blanco, pero sonrió.

—Esa fue la mejor ducha que he tenido.

—Por eso no me uní a ti —dije. Su boca se abrió y me encogí de hombros—. He pensado en ello, casi lo hice. *Realmente* quería. Pero esa primera ducha cuando vuelves… —Sostuve su barbilla—. Y te dejaste la barba.

—Sí, bueno, no tenía una navaja para afeitado.

Mis ojos se posaron en sus labios, sus muy besables labios, y dios, olía tan bien. Gemí y di un paso atrás.

—Quiero hacerte cosas profanas en este momento, pero primero necesito asearme. —Me dirigí a las escaleras—. El aire acondicionado está encendido. He pedido pizza. Puedes coger cualquier cosa que haya en la nevera.

Subí las escaleras de dos en dos para poner algo de distancia entre nosotros. Quería arrastrarlo a la cama, pero dios, considerando lo bueno y limpio que olía, yo debía apestar como un caballo sudoroso. Llevarlo a la cama así sería asqueroso e insultante. Tenía la intención de darme la ducha más rápida de mi vida hasta que sentí el agua caliente en mi piel. Me froté el cabello, enjaboné cada centímetro de mi cuerpo con jabón y después me enjaboné una segunda vez.

Me sentí decididamente más humano cuando bajé las escaleras, y emocionado. Hablamos de tener sexo cuando llegáramos aquí, ahora que teníamos condones y lubricante, y estaba ansioso por saber si esa parte todavía estaba sobre la mesa. Encontré las puertas de vidrio abiertas y Jeremiah estaba contemplando la vista.

—¿Te gusta? —le pregunté.

Se volvió cuando hablé y sonrió.

—Nunca había visto el mar de Timor.

—Técnicamente, esto es el golfo de Beagle, y el mar de Timor está un poco más lejos —dije.

—¿Podemos ir a nadar a la playa? —preguntó—. Porque hace un calor infernal.

Hice una mueca. Había dicho antes que le gustaba nadar.

—Eh, bueno, puedes —le dije—. Pero no es exactamente recomendable. Ocasionalmente tenemos cocodrilos y la medusa Irukandji...

Levantó la mano.

—Siento haber preguntado.

—Pero hace unos veinte grados menos dentro si prefieres mirar la hermosa agua en la que no se puede nadar desde el otro lado de la puerta de vidrio. Ya sabes, donde hay aire acondicionado.

Él sonrió, entrecerrando un ojo al sol.

—Sin embargo, no puedes obtener toda la experiencia "al horno y al vapor al mismo tiempo" del Top End desde dentro.

—Al horno *y* al vapor, ¿eh?

—Me siento como una bola de masa.

Me reí y fui a la puerta, esperando que él entrara primero.

—Aquí lo llaman la temporada tonta —expliqué—. Este clima, el efecto del horno y la sauna, hace que la gente haga cosas tontas.

—¿Cómo se elige vivir aquí?

Fui a la nevera, saqué dos cervezas y le entregué una.

—Te acostumbras.

Miró la cerveza, luego me miró a mí.

—Por lo general, no bebo mucho, así que a menos que me estés emborrachando para aprovecharte de mí.

Le sonreí.

—Esperaba que mencionaras eso porque...

El intercomunicador vibró.

—Maldita sea —dije dejando mi cerveza—. Esa será la pizza.

Tomé la entrega y puse las pizzas en la mesa de café.

—Vamos a comer aquí —dije recogiendo mi cerveza y esperando a que se uniera a mí en el sofá.

—Este es el sofá más grande que he visto —se sentó—. Y el más suave.

Era grande. Lo compré porque era profundo y acolchado.

—Tan fácil de quedarse dormido sobre él. Puedo estar viendo la televisión y luego, lo siguiente que sé, es que son las tres de la madrugada.

Se rio, pero hizo una mueca.

—¿Está bien comer aquí?

—Demonios sí. ¿Por qué no estaría bien?

—Porque es…

—Es mi casa. Hago todas mis comidas aquí, o de pie en el mostrador de la cocina. Se me cayeron los nachos en este sofá *el día* que lo compré. —Abrí la caja de pizza y le entregué la primera rebanada—. No soy del tipo pretencioso y elegante.

Él sonrió, pero pronto se convirtió en una mueca.

—Lo siento. No quiero juzgar. Nunca había estado en una casa tan bonita. No estoy seguro de lo que debo tocar.

—Toca lo que quieras. Incluyéndome a mí. —Tomé un bocado de mi pizza. Entonces, como el monstruo grosero que era, hablé con la boca llena—. Espero que te guste la suprema.

Se rio y, como un caballero, masticó y tragó antes de hablar.

—Está muy buena, gracias.

Esperé hasta que había tragado antes de hablar de nuevo.

—Lo entiendo. Honestamente, mi hermano mayor y mi hermana son del tipo pretencioso. Son los realmente serios, serios sobre el negocio. Para ellos todo gira alrededor del dinero. Hacen muecas esnobs cuando hay algo debajo de ellos. Lo cual es raro porque mis padres no son así. Ganaron su dinero y eran normales antes de hacerse ricos. Mi hermano y mi hermana crecieron ricos y se sienten con derechos, o algo así, no sé. —Entonces me sentí mal por decir eso—. Bueno, eso no es cierto, de verdad. Trabajan duro y asumen gran parte de la responsabilidad. Pero me miran con desprecio porque persigo tormentas por diversión cuando su idea de tiempo libre es leer *Business Insider*. ¿Ya sabes? Simplemente somos muy diferentes. Así que sí, las personas que viven así pueden ser pretenciosas y pensar que son mejores que los demás. Rowan y Zoe son prueba de ello.

Jeremiah hizo una mueca.

—Lo lamento. No quise suponer. Esto es simplemente… no es un mundo con el que esté familiarizado. —Dio un sorbo a su cerveza—. Cuando digo que crecí pobre, lo digo en serio. Algunos días comíamos, otros no. Mi padre trabajó muy duro.

Oh, hombre.

—Lo siento —dije—. Y la mayoría de las veces, el grado en que alguien trabaja no es indicativo de su nivel salarial. La mitad de los directores ejecutivos del mundo no podrían hacer lo que hacen sus empleados. No durarían ni medio día haciendo trabajo manual, y son esos trabajadores los que hacen que el mundo gire. —Tomé otro bocado de pizza—. Es por lo que me encuentras con los cocineros y el personal en tierra de nuestros trabajos. Me siento más cómodo con ellos que en esas cenas elegantes a las que van mi hermano y mi hermana. Pero si los jefes necesitan saber qué está pasando realmente o qué se debe hacer, o qué no se está haciendo correctamente, o qué problemas tienen los trabajadores a nivel del suelo, acuden a mí. —Negué con la cabeza, sin saber por qué le estaba contando esto—. Lo siento. Simplemente no quiero que pienses que soy como ellos.

Sus ojos se encontraron con los míos, amables y cálidos.

—No. Y me gusta que lo entiendas. —Comimos un poco más de pizza, y él bebió otro trago de cerveza, casi acabando su botella—. Ahora, esta puede ser la cerveza hablando, porque no he bebido alcohol en más de un año, pero sobre esa oferta de tocar lo que quiera.

Le sonreí, bebí el resto de mi cerveza, tomé su mano y lo llevé escaleras arriba.

Y habíamos insinuado y bromeado sobre cuál de nosotros sería el activo, pero nunca hubo ninguna duda. Me quitó la camiseta y la tiró, sus ojos oscuros, y se lamió los labios.

—Súbete a la cama.

Esa mirada, esas palabras, casi encendieron mi sangre.

Rápidamente obedecí, deslizándome hacia el medio, con la cabeza sobre las almohadas. Señalé la mesita de noche.

—Cajón de arriba.

Encontró los condones y el lubricante, los arrojó sobre la cama a mi lado, luego se quitó la camiseta y se arrodilló en el colchón, arrastrándose hacia mí. Se plantó entre mis piernas y deslizó sus manos por mis muslos, sobre mis caderas hasta la cintura de mis pantalones cortos. Sonrió mientras los bajaba, como si esta fuera la victoria que quería.

Se inclinó hacia delante para poder besarme, labios suaves y abiertos, y la insinuación de la lengua.

—Quiero besarte —murmuró. Esos ojos azules eran como el maldito fuego—. Después te chuparé la polla y te comeré el culo antes de follarte.

Mi cuerpo se sentía caliente por todas partes, mi cerebro en corto circuito. Creo que gemí.

—Joder.

¿Quién era este hombre?

—Cuando dije que me dabas vibras de activo, no esperaba esto.

Chupó mi labio inferior entre los suyos.

—¿Quieres que me lo tome con calma?

Le sonreí, tratando de quitarle los pantalones cortos.

—Claro que no.

Tomó mis muñecas en sus manos y las sujetó junto a mi cabeza.

—¿Puedo preguntarte algo?

Casi jadeaba de necesidad.

—Sí.

—¿Alguna vez has tenido un orgasmo prostático?

Jesús jodido Cristo.

Me tomó un segundo pensar, respirar.

—No —susurré.

Sonrió.

—Lo harás esta noche.

No sé por qué estaba tan aturdido. Pensando en lo que habíamos hecho en el búnker, y la forma en que tiraba de mi cabello, cómo me sostenía la cara cuando deslizaba su polla en mi garganta, debería haberlo sabido.

Este científico empollón y silencioso tenía un lado pervertido.

Maldita sea, sí.

Entonces me besó, enredando su lengua con la mía hasta que olvidé mi propio nombre. Me moldeó con su boca, con sus manos, la combinación perfecta de gentil y rudo, y su cuerpo contra el mío hasta que me volví flexible y desesperado.

Luego me dio la vuelta, me masajeó la espalda, me besó la columna y me mordió el hombro; un flujo y reflujo de placer y dolor. Me quitó los pantalones cortos y me abrió, hundiendo su lengua dentro de mí.

Agarré las sábanas de mi cama y levanté mis caderas para él, y me trabajó más duro. Primero con su lengua, luego con sus dedos y lubricante, tocándome y estirándome. Sintiendo…

Hasta que encontró su premio.

—Mierda —jadeé, poniéndome a cuatro patas.

—Hm —ronroneó—. Ahí está.

Con sus dedos todavía dentro de mí, empujó mi cabeza hacia abajo con la otra mano para que mi trasero quedara en el aire. Y presionó contra mi próstata una y otra vez, provocando un placer dentro de mí como nunca había sentido.

—Dios, ahí mismo, no te detengas —murmuré. Era tan intenso que podría haber llorado. Estaba preparado para rogar que esto nunca terminara. Luego envolvió su mano alrededor de mi polla y comenzó a acariciarme, y fue demasiado placer. Fue una sobrecarga sensorial y borró todas las sinapsis de mi cuerpo, y lo necesitaba para que terminara, pero también para que, por favor, nunca parara —. Joder, Jeremiah —grité, casi un sollozo—. Por favor.

¿Por favor, qué? No estaba seguro.

Termínalo, haz que me corra, por favor, nunca pares, necesito esto para siempre, no puedo más, Dios por favor…

El placer era abrumador, tan consumidor que bordeaba el dolor, hasta que la acumulación fue demasiado. Un orgasmo tan poderoso que sentí como si explotara e implosionara al mismo tiempo. Grité contra mi colchón, mi voz ronca, mis manos eran garras en la ropa de cama.

Estaba temblando y gimiendo, lo último jodidamente alto… hasta que me derrumbé deshecho.

Me había destrozado.

Me tomó unos minutos volver a mis sentidos. Todavía estaba temblando, mi cuerpo se sacudía, los músculos se contraían.

Jeremiah tiró de la manta sobre mí y besó un lado de mi cabeza.

—¿Estás bien?

Quería decir que no y que sí, pero me salió como una carcajada.

—¿Qué demonios me hiciste? —logré decir. Mi voz sonaba rara—. Necesito que lo hagas de nuevo.

Se rio entre dientes y entonces me concentré en él. Se veía tan feliz, tan sexi, Dios mío, muy sexi… pero todavía tenía puestos los pantalones cortos, y pude ver su erección confinada en ellos.

—Tú no…

Su sonrisa se amplió.

—Aún no he terminado contigo.

Me estremecí y otro temblor me atravesó. Mis palabras salieron en un gemido.

—Oh, Dios.

Se rio mientras se bajaba de la cama. Entró al baño y

usó enjuague bucal, volvió con un paño para limpiarme y me dejó recuperarme. Un poco.

Durante aproximadamente una hora, me masajeó, rozando mi cuerpo con sus manos como si me estuviera mapeando. Él salpicó suaves besos sobre mí, frotándome, y yo estaba tan relajado cuando se puso un condón, todo lo que pude hacer fue sonreír en mi almohada.

Boca abajo, con el culo hacia arriba, se arrodilló detrás de mí, añadió más lubricante y presionó lentamente.

—Oh, joder —gemí en mi almohada.

Fue lento y minucioso, empujó hasta la empuñadura y luego presionó su peso sobre mi espalda. Besó mi columna, mi nuca, su respiración corta y aguda, temblando con su moderación.

Así que moví mis caderas, empujándome hacia atrás contra su pene, y él lo tomó como un permiso para moverse.

Salió y entró, lento y profundo. Deslizó sus manos sobre las mías, entrelazando nuestros dedos, sus respiraciones y gruñidos calientes en la parte posterior de mi cuello y en mi oído.

—Te sientes tan bien —gimió.

Presioné mi frente contra la almohada, tratando de estirar mi espalda, mis caderas clavadas en la cama. Luego salió de mí y me dio la vuelta, poniendo mis piernas sobre sus muslos, se inclinó y se hundió de nuevo en mí mientras metía su lengua en mi boca.

Oh, Dios mío.

Gimió, un sonido gutural bajo, y su agarre en mis caderas se hizo más fuerte. Empujó más y más profundo hasta que jadeó y gritó mientras se corría.

Sostuve su rostro y observé cómo esos ojos azules se derretían, zafiros líquidos fundidos por su propio placer.

Era jodidamente hermoso.

Dios mío, este hombre…

¿Cómo iba a dejar que se fuera pasado mañana?

Tracé patrones en su espalda hasta que pudo levantar su cabeza. Apoyó la mejilla en la palma de la mano con una sonrisa tonta y somnolienta, y parecía un poco borracho. Me hizo reír.

—Sí, entonces —dije—. Sobre que te vas en dos días. ¿Cómo vas a hacerme lo de la próstata una vez a la semana cuando estás en Melbourne y yo estoy aquí?

Levantó una ceja.

—¿Solo una vez a la semana?

—Estoy bastante seguro de que eso es todo lo que puedo manejar.

Él sonrió, me besó una vez más y luego salió de la cama. Limpiamos, nos vestimos y fuimos en busca de nuestra pizza ahora fría.

Jeremiah se detuvo ante las puertas de cristal.

—Oh, vaya —dijo mirando hacia el horizonte.

Me reí. Era una brillante variedad de naranjas, rojos, amarillos, todos reflejados en nubes esponjosas oscuras.

—Ah, la famosa puesta de sol de Darwin. Preciosa, ¿verdad?

—Está entrando una corriente ascendente de calor. Seguro que habrá rayos.

Tomé la pizza y abrí la puerta corrediza.

—Entonces vamos a ver el espectáculo.

Hacía calor fuera, incluso cuando el sol se estaba poniendo, pero el brillo del sudor en la piel de Jeremiah hizo que valiera la pena. Los colores del atardecer y la amenazante tormenta lo hacían parecer aún más hermoso.

—¿Quieres otra cerveza? —pregunté.

—Eh, claro —respondió, justo cuando su teléfono sonó. Había recibido algunos mensajes, de los que se quejó e ignoró, pero esta vez suspiró—. Es mi jefe. Diciéndome que ignore los mensajes anteriores porque acaban de darse cuenta de que no estoy en la oficina. Después de una semana, fíjate. —Sus ojos se encontraron con los míos—. ¿Podemos volver al medio de la nada donde no hay servicio telefónico? ¿O debería lanzar esto al océano? —Sostuvo su teléfono como si estuviera a punto de tirarlo.

Agarré su mano y la puse alrededor de mi cintura, apoyándome en él y dándole un suave beso.

—Entonces no vuelvas.

Puso los ojos en blanco.

—Aunque eso suena muy bien, creo que la realidad me llama.

Levanté su barbilla, rozando mi nariz contra la suya.

—¿Qué te espera en Melbourne? —Besé sus labios, bajando por su mandíbula—. Un trabajo que odias.

—Un trabajo que amo, compañeros de trabajo que odio. —Se quedó sin aliento cuando le mordí el lóbulo de la oreja—. Mi padre.

Eso me hizo detenerme. Suspiré y me alejé.

—Sí, lo siento. Me olvidé. Yo solo… Simplemente no quiero que nuestro tiempo juntos termine todavía.

Estudió mis ojos, buscando algo.

—Estoy tratando de decidir si me estás haciendo una broma. Mi historial de citas me diría que sí, pero pareces tan sincero. Me gustaría pensar que eres diferente…

Suspiré, controlando mi temperamento porque su reacción instintiva a ser ridiculizado no se trataba de mí.

—Jeremiah —murmuré—. Soy sincero. Y claramente soy diferente a los imbéciles con los que has salido antes. Siento que te hagan dudar de mí.

—No eres tú —dijo en tono de disculpa.

—Lo sé.

—Pero… —Se pasó la mano por el pelo y luego la usó para señalarme de arriba abajo—. Pero, eres perfecto. Hermoso, rico, exitoso. Y yo soy…

—¿Tú eres qué?

—Yo.

—Tú —dije señalando con mi dedo y golpeándolo ligeramente en el pecho con cada punto que decía—. Tú que obtuviste un doctorado probablemente una década antes que cualquiera de los idiotas con los que trabajas. Tú, que muestras absolutamente cero miedos. Tú, con los ojos azules más azules que me producen mariposas. Y tú, que antes me comiste el culo y me diste el mejor orgasmo de mi vida. ¿Ese mismo tú?

Casi sonrió, claramente no muy hábil para recibir cumplidos.

—El mejor orgasmo, ¿eh?

—Incuestionable. —Pasé mi mano por su corazón, hasta su mandíbula, e hice que me mirara—. ¿Qué me hiciste antes? No es de extrañar que quiera que te quedes. Honestamente, si regresas a Melbourne, es posible que tenga que visitarte varias veces al año para que puedas hacerlo de nuevo.

Él se rio entre dientes, sus ojos cálidos. Luego se lamió los labios, haciendo una mueca, y se volvió hacia el océano.

—Rayos.

Y efectivamente, las nubes sobre la bahía se iluminaron. Un trueno ensordecedor rasgó el cielo, y aunque la mayoría de la gente normal habría corrido para ponerse a cubierto, Jeremiah se giró para enfrentarlo. Varios rayos cayeron en el agua, a menos de un kilómetro de distancia. Furiosa y aterradora, se desató la tormenta y empezó a llover a cántaros.

Jeremiah sonrió.

CAPÍTULO DIECISÉIS

JEREMIAH

—HOLA PAPÁ. Soy yo —dije, mi teléfono en mi oído. Estaba de pie ante las puertas de vidrio con vistas al océano, solo que adentro donde había aire acondicionado, porque este calor de Darwin no era broma. Incluso a las ocho de la mañana. Había dejado a Tully en la ducha de arriba y podía oírlo cantar desde donde estaba. Tal vez el que lo masturbara después del desayuno lo hizo demasiado feliz…

—Me preguntaba cuándo sabría de ti. ¿Qué tal tu viaje?

—Sí, es grandioso. Ya estoy en Darwin. No tuve servicio telefónico en toda la semana, lo siento.

—¿Conseguiste lo que buscabas?

Pensé en mi equipo, en cómo la unidad de grabación probablemente se quemó, en cómo todo este viaje probablemente fue en vano, y consideré lanzarme a una explicación que a mi padre no le importaría… pero luego Tully comenzó una interpretación muy fuerte de *"Sex on Fire"* y sonreí.

—Sí. Creo que sí, papá. Me dirijo a la oficina de Darwin

esta mañana.

—Bueno. Regresarás mañana, ¿verdad?

Contuve un suspiro, porque volver a mi vida de mierda en Melbourne era lo último que quería hacer.

—Sí. Te llamaré cuando llegue.

—En ese mismo momento. Mejor vuelvo al trabajo. Estás en una zona horaria diferente a la mía, ¿sabes?

—Sí, papá. Lo sé.

La línea se quedó en silencio en mi oído, justo cuando Tully bajaba saltando los escalones. Estaba sonriendo hasta que me vio.

—Oh, ¿qué pasa?

—Nada. Acabo de hablar con mi padre.

—¿Todo bien?

No precisamente.

—Sí. Lo mismo de siempre.

Tully me miró por un segundo y afortunadamente lo dejó pasar.

—¿Estás listo para irnos?

—Sí. La caja de mi equipo está en el garaje. Estoy listo para ver si todo está completamente frito y todo mi trabajo se ha perdido.

Pasó su brazo por encima de mi hombro y me condujo hacia el garaje.

—Estará bien, solo espera y verás.

Envidié su optimismo.

En el garaje, levanté la caja y la llevé a la parte trasera del Jeep, pero Tully abrió la parte trasera del Range Rover.

—Hoy vamos con estilo.

Fruncí el ceño.

—Eh, el Jeep es más mi estilo.

Se rio y me ayudó a subir la caja en su coche nuevo y

ya tenía que limpiarme la frente.

—Tengo dos palabras para ti —dijo—. Aire. Acondicionado. —Luego caminó hacia la puerta del pasajero y me la abrió—. Su vehículo, señor.

Puse los ojos en blanco, pero entré, y sí, el coche más nuevo era increíble y muy elegante, y hubiera sido perfectamente feliz en el Jeep, pero sí, el aire acondicionado fue muy apreciado.

Me llevó a lo largo de la costa, señalándome cosas de interés.

—Todo este puerto deportivo es nuevo —dijo—. Hay cafeterías y restaurantes. Podemos cenar allí esta noche si quieres. Todos los árboles tienen luces y es muy bonito.

Asentí, tratando de no pensar que sería nuestra última noche juntos.

—Suena bien.

Señaló más puntos de referencia mientras nos llevaba fuera del centro de la ciudad, a través de algunas calles secundarias, hasta que finalmente llegamos a nuestro destino. La estación meteorológica de Darwin era un pequeño edificio de ladrillos tostados ubicado en medio de un gran bloque de tierra, cercado y nada atractivo. Construido en la década de 1970, por lo que parecía, y no reformado desde entonces.

Pero la puerta estaba abierta y una motocicleta con sidecar estaba estacionada debajo del refugio al costado del edificio.

Tuve tratos muy limitados con esta oficina de Darwin, esta era la estación, no la oficina de administración, y realmente no tenía idea de a quién o qué esperar.

—¿Habías conocido a Doreen antes? —preguntó Tully.

—Eh, no. ¿Tú?

—Tuve que recoger algunos equipos una o dos veces y llevarlos al aeropuerto de Jabiru. Alguien le dijo que me dirigía allí. —Me sonrió—. Ella es un poco diferente.

—No tengo ningún problema con lo diferente. —Antes de que pudiera preguntar si la moto era suya, una figura salió por la puerta principal con un bate de béisbol. Grande y alta, cabeza afeitada, jeans negros y una camiseta negra con "Vagitariana: Yo como coño" escrito en rosa en el frente. Tenía sesenta y tantos años, tal vez setenta. Pechos grandes, gruñido amenazante.

—No tenéis nada que hacer aquí —dijo apuntándonos con el bate de béisbol.

—Oh, Dios mío —siseé agarrándome el cinturón de seguridad—. ¡Tully, da la vuelta al coche!

Tully se rio y bajó.

—Cálmate, mujer. Jesucristo —dijo con su encantadora sonrisa—. Me encanta tu camiseta.

¡Ay, dios mío! ¡Él no acababa de llamarla *mujer*!

Ambos estábamos a punto de morir…

Ella bajó el bate y cedió una sonrisa.

—Tully. ¿Para qué estás escondiendo esa hermosa cabeza tuya en esos vidrios polarizados? Idiota, casi golpeo con el bate tu coche de lujo.

Tully asintió y me dijo en silencio que sacara el culo del coche.

—Traje a alguien para verte.

Cerró la puerta y caminó hacia ella, se volvió y esperó a que saliera, lo cual hice. Todavía no estaba seguro de si estábamos a punto de morir…

—Doreen, este es el doctor Jeremiah Overton. De la oficina de Melbourne.

Ella me miró.

—¿Quién es tu jefe?

—Brian Carling.

Ella asintió.

—¿Has traído tu tarjeta de identificación?

Presa del pánico, busqué a tientas en mi billetera y apenas logré entregarle la tarjeta. Ella la estudió, luego a mí.

—Doctor, ¿eh?

—Sí.

Una lenta sonrisa se extendió por su rostro endurecido.

—¿Por qué no dijiste eso? —dijo agarrando mi mano y estrechándola, casi haciendo rechinar los dientes en mi cabeza—. pasad.

No me hicieron entrar, sino que me arrastraron a través de la puerta, y estaba demasiado aterrorizado para no obedecer. Había un pequeño vestíbulo de entrada con una planta de plástico y una puerta que conducía a una habitación oscura donde una pared estaba llena de radares, sonares, pantallas y luces intermitentes, la otra pared estaba llena de estantes llenos de equipo. Anemómetros viejos, un trípode, una máquina que parecía un higrómetro de los años 60; cajas de equipo que pertenecían a un museo.

Jesús. ¿Cuántos años tenía este lugar?

—Aquí está el puente —dijo como si fuera un barco que necesitara dirección. Cada panel era algo de los 90. Dios mío, todo era más viejo que yo. Doreen debió haber notado mi cara.

—Apuesto a que no es nada lujoso como lo que estás acostumbrado. Es vieja, pero nunca ha parado.

La vieja unidad de aire acondicionado traqueteó y chasqueó, asustándome, y Doreen se acercó y la golpeó con la palma de la mano, lo que me asustó aún más. Me sorprendió que se quedara colgada en la pared, y mucho más que se pusiera en marcha.

Entonces algo ladró y casi salté fuera de mi piel hasta que Doreen recogió, del único asiento que había en toda la habitación, una pequeña mascota que parecía un caniche.

—Este es Bruce —dijo—. No le tienes miedo a un perrito, ¿verdad?

Antes de que pudiera responder, las palabras me estaban fallando justo en ese momento, Tully estaba detrás de mí, sosteniendo mi caja.

—Él no tiene miedo de nada —dijo con una sonrisa. Dejó mi caja—. Bueno, tal vez de un anfibio o dos, pero un rayo de cincuenta mil voltios no lo desconcierta en absoluto.

Estaba empezando a pensar que había entrado en un túnel del tiempo. ¿Cómo estaba esta estación aún operativa?

—Tengo que decirlo —dijo Doreen—. Estoy sorprendida de verte. No pensé que alguien viniera alguna vez.

Todavía estaba tratando de entender cualquier cosa que hubiera sucedido en los últimos tres minutos.

—Eh, mi estación meteorológica automática fue destrozada por una tormenta hace dos días, y una subida de tensión se cargó mi disco duro —dije—. Tenía la esperanza de poder usar tu sistema para ver si hay algo recuperable. Odiaría pensar que todos mis datos se han perdido. —Miré la unidad de la consola, dudando que algo fuera compatible para mí. No sin una máquina del tiempo.

Doreen sacó las llaves de su bolsillo y volvió a colocar a Bruce en el asiento, desenroscó algunas llaves y me las entregó.

—Me importa una mierda lo que hagas, chico.

Eh…

Um…

—¿Pe… perdón?

—Eres mi reemplazo, ¿verdad? —recogió un casco de motociclista rosa y se lo puso, luego asintió hacia las llaves en la palma de mi mano—. Llaves. Solo hay dos. Puerta de entrada, portón principal. Ciérralos ambos cuando te vayas.

Negué con la cabeza, confundido. Desconcertado.

—¿Qué?

Ella recogió a Bruce.

—Me retiré hace seis meses, estaba esperando a mi reemplazo desde el momento. Los imbéciles de Sídney me decían que no había nadie. Supongo que fue Melbourne quien me ayudó. Siempre me gustó Melbourne, aunque ese Brian es un poco idiota.

Negué con la cabeza y le tendí las llaves que me había dado.

—No, no, ha habido algún tipo de error —intenté.

—El aire acondicionado se ha estado muriendo durante cinco años —dijo—. Un buen golpe en las varillas generalmente lo pone en marcha.

—Doreen, parece que…

—Te dejaré el bate junto a la puerta —dijo—. A veces, los niños locales piensan que necesitan una antena en el techo. Lo que haya en la nevera es tuyo. Me voy de aquí. He estado aquí desde Tracy.

Miré a Tully, desconcertado. ¿Quién diablos era Tracy?

—Ciclón Tracy —murmuró.

Ah.

El pánico comenzaba a burbujear en mi pecho.

—Solo quería calibrar…

Doreen me dio una palmada en el hombro tan fuerte que caí sobre Tully.

—Felicidades por el trabajo —dijo—. Espero que no te gusten los compañeros de trabajo o los presupuestos, porque no tienes ninguno.

Y con eso, ella se fue. La puerta golpeó cuando salió, un segundo después su moto cobró vida y cuando pensé en perseguirla, todo lo que obtuvimos fue un gesto de despedida con la mano cuando salió por el portón, Bruce sentado en el sidecar con gafas para perros.

Y me quedé allí con la boca abierta y un juego de llaves en la mano.

Me volví hacia Tully, estupefacto.

—Qué… qué demonios… —Sostuve las llaves en la palma de mi mano como si acabaran de aterrizar del espacio exterior—. ¿Qué acaba de suceder?

Tully apretó los labios para no sonreír demasiado, pero sus ojos estaban llenos de humor.

—¿Creo que acabas de recibir un ascenso?

Negué con la cabeza, mi mente daba vueltas.

—Eso no es… No puedo… qué…

—Sí, mira —dijo encogiéndose de hombros—. No estoy enfadado por eso. Hay un dicho sobre caballos regalados o algo así.

—¡Tully! ¡Vivo y trabajo en Melbourne!

Hizo una mueca, miró deliberadamente las teclas y chasqueó la lengua.

—Bueno, estoy pensando que eso no es exactamente cierto. —Luego hizo una mueca—. Ya no.

Un pitido comenzó a sonar en el interior.

—¿Qué demonios es eso?

Corrimos adentro. Una de las pequeñas luces de advertencia parpadeaba en amarillo.

—No lo sé —dijo Tully—. Este equipo es tu dominio.

—Este equipo es más viejo que yo —dije—. No sé cómo funciona nada de esto.

—Enciende algunos interruptores —dijo moviendo los viejos interruptores de metal que hacían Dios sabe qué—. Haz que pare el ruido.

—No puedes simplemente moverlos...

El pitido se detuvo.

Jesucristo.

Miré la pantalla. Era un radar, y había una masa de color naranja y púrpura parpadeando dentro y fuera de la vista. Era viejo, sí, pero sabía lo que eso significaba.

—Frente de tormenta acercándose desde el norte. Creo que es un sistema de advertencia de baja presión. Va a ser decente.

Tully me miró, sonriendo.

—No me sonrías —dije sacando mi teléfono y llamando a mi jefe. Sostuve mi teléfono en mi oído y comencé a revisar el otro equipo—. Vamos, contesta tu maldito teléfono...

—Overton —dijo malhumorado—. Finalmente estás respondiendo a los mensajes que te dejé.

—¿Cuánto tiempo pasó hasta que te diste cuenta de que estaba de vacaciones anuales?

Silencio.

Tal vez todavía no se había dado cuenta.

Gruñó algo que no pude oír.

—¿Qué deseas? Más vale que esto sea bueno.

Me burlé.

—Te daré algo bueno. Me acaban de entregar las llaves de la estación de Darwin. La mujer que me las dio renunció, o finalmente se jubiló, ni siquiera lo sé. El equipo aquí es de los años 90. Demonios, hay un anemómetro tan viejo que creo que salió del Endeavour. ¿Escuchas lo que estoy diciendo? No puedo trabajar aquí. Nunca acepté trabajar aquí. Vine aquí esta mañana para ver si podía usar el sistema interno para recalibrar mi equipo y tal vez guardar algunos de los datos que recopilé que se quemaron cuando nos *cayó un rayo* en medio de la maldita jungla, pero ahora puedo ver que eso fue un ejercicio inútil porque el sistema informático aquí es sacado directamente de una máquina del tiempo, y tendrás que disculpar mi lenguaje, ¡pero hace tanto calor aquí que mi cerebro se está derritiendo!

Hubo un largo latido de silencio.

—¿De qué diablos estás hablando Overton?

—Brian, escúchame —le dije con los dientes apretados—. Lo que vas a hacer es averiguar qué diablos está pasando. Llama a Sídney, llama a Canberra. Llama al maldito primer ministro si es necesario. Trae a Doreen de regreso aquí, hoy, y descubre quién diablos es el oficial de reemplazo aquí.

—¿Quién es Doreen?

—Ella es la mujer de metro ochenta y cinco, con la cabeza rapada y un bate de béisbol que me acaba de dar las llaves de la estación de Darwin, ¡esa es quién es! ¡Ahora mueve tu culo y comienza a hacer llamadas telefónicas!

Desconecté la llamada, mi pecho palpitante.

—La incompetencia —murmuré.

Tully tomó mi mano, sonriendo.

—Eres increíble, ¿lo sabías?

Mi cabeza daba vueltas y mi visión se nublaba. Tully me hizo sentar en el asiento de Bruce y me dio unas palmaditas en la mejilla.

—¿Estás bien?

Negué con la cabeza.

—Solo quería verificar mis datos.

—Lo sé —dijo.

El hijo de puta seguía sonriendo.

—Me alegro de que encuentres toda esta situación divertida.

Se rio, ahora de rodillas ante mí, y tomó mi rostro entre sus manos.

—¿Estás bien?

Negué con la cabeza y me encogí de hombros. No tenía ni idea de cómo estaba.

—Verte patear el culo de tu jefe en este momento fue realmente caliente.

Me derrumbé, enterrando mi cara en mis manos.

—Estoy despedido, fulminantemente.

En ese momento, el radar comenzó a sonar nuevamente. Con un profundo suspiro, comencé a mirar los instrumentos, el equipo.

—Siento que estoy en una película, ya sabes, cuando un piloto moderno tiene que volar un avión de la década de 1940 o algo así y todo el tablero está lleno de botones que no tienen sentido. —Negué con la cabeza, comenzando a pensar un poco más claro—. Ese es un Doppler temprano y este es un RAPIC, creo. Los he visto en fotos.

Tully me apretó el hombro.

—¿Ves? Ya lo estás consiguiendo.

Volví a encender los interruptores que él había apagado antes. Giré mi silla hacia la derecha.

—Y este es uno de los primeros secuenciadores de lapsos temporales. Dios mío, ¿hemos retrocedido en el tiempo?

—Sí, eso parece.

—¿Puedes hacerme un favor y ver si hay un manual o folleto de instrucciones en los estantes o en un armario, o...? —Miré a mi alrededor—. ¿...algo, en alguna parte? Un archivador, tal vez. Google no me ayudará aquí.

Tully fue directamente a los estantes y empezó a revisar cosas y a hurgar en las cajas. Me volví una vez para ver que había encontrado un casco con una linterna atada a él. Ahora estaba en su cabeza. En el momento en que leí las viejas etiquetas impresas debajo de algunos interruptores metálicos y lo correlacioné con su función en el tablero, Tully dejó escapar un fuerte:

—¡Ta-da! —mientras blandía un libro sobre su casco—. Impreso en 1992 —dijo entregándomelo.

Era, de hecho, un manual para el tablero de instrumentos. Del año 1992.

—Oh, Dios —dije tomando el libro. Le quité el polvo y hojeé las primeras páginas. El radar volvió a emitir un pitido y al menos supe qué interruptor accionar. La tormenta aún se estaba acercando, y solo podía adivinar por los indicadores del radar que llegaría en unas pocas horas—. ¿A quién diablos se supone que debo notificar sobre la advertencia?

Tully hizo una mueca y se encogió de hombros como si dijera "No tengo ni idea", justo cuando sonaba mi teléfono. Vi que era mi jefe y respondí a la mitad del primer sonido.

—Dime que tienes buenas noticias —le dije. Probablemente podría haber comenzado con hola. . .

—Tengo buenas y malas noticias —dijo—. La buena noticia es que eres el oficial de reemplazo temporal. Empezando hoy.

¿Qué?

¿Qué?

—¡¿Qué?!

—Yo lo llamaría estar en el lugar correcto en el momento correcto —dijo—. Tienes que ser el jefe. ¿No es eso lo que siempre quisiste?

Froté mi sien, sintiendo que mi presión arterial subía por segundos.

—Temporal. Dijiste temporal. ¿Cuánto tiempo hasta que encuentren al oficial de reemplazo de tiempo completo?

Brian suspiró.

—Bueno, esas son las malas noticias.

Oh, no…

—¿Doreen Boyle, la señora que se fue hoy? Ella ha estado esperando un reemplazo por un tiempo.

—Dijo que técnicamente se había retirado hace seis meses. ¿Estás diciendo que estaré aquí seis meses?

Los ojos y la sonrisa de Tully se agrandaron, emocionados.

—Bueno —dijo Brian—. Técnicamente solicitó un reemplazo en 2004.

Parpadeé lentamente.

—¿Dos mil qué?

—Sí, simplemente no contengas la respiración Overton —dijo Brian. Parecía demasiado feliz de deshacerse de mí —. Envié todos tus datos de empleo a recursos humanos para transferirte a la oficina del Territorio del Norte.

¿Ya? Ni siquiera me lo había dicho…

—Tengo un apartamento en Melbourne, yo, eh —susurré sin convicción. Estúpidamente. Mi cerebro no estaba funcionando.

—La oficina cubrirá todos los costos de mudanza —dijo rápidamente—. Recogerán tus cosas y te las enviarán si quieres.

No estaba seguro de qué decir.

No estaba seguro de lo que quedaba por decir.

—Sabes lo que puedes hacer con mis papeles de transferencia —dije justo cuando la unidad de aire acondicionado comenzó a zumbar y vibrar hasta que se apagó. Me puse de pie—. Puedes tomar el formulario, doblarlo muy bien en un pequeño cuadrado. —Cerré mi puño y golpeé el costado del aire acondicionado. Crujió para volver a la vida—. ¡Y metértelo por el culo! —Colgué la llamada y lancé mi teléfono al tablero de instrumentos—. ¡Mierda!

Tully se quedó allí, con los ojos muy abiertos, boquiabierto, pero de alguna manera sonriendo.

—¿Acabas de decirle a tu jefe que…?

—Él ya no es mi jefe —le dije—. Aparentemente trabajo aquí ahora. —Me dejé caer en la silla y levanté la mano—. Creo que me la he roto.

Riendo, Tully se arrodilló ante mí y me inspeccionó los nudillos.

—Tienes un gancho de derecha bastante malo. —Suavemente manipuló mis dedos, revisando que todo aún se movía—. No ha sido nada.

Asentí, luchando contra las lágrimas.

—Estoy seguro de que todos en la oficina estarán complacidos. Probablemente organizarán una fiesta en mi honor en este mismo segundo, para celebrar el hecho de que me haya ido.

Tully me ayudó a ponerme de pie, me dio la vuelta y comenzamos a bailar un vals lento y loco. Todavía estaba sonriendo.

—No se permiten lágrimas, porque este es el mejor día de todos. —Lo miré como si hubiera perdido la cabeza, y me giró y me hizo dar una vuelta antes de volver a atraerme a sus brazos—. Ahora puedes comerme el culo y hacer tu truco de la próstata todo el tiempo.

Me reí a pesar del torbellino emocional y la locura de los últimos diez minutos.

Tully me atrajo contra él, nuestro baile ahora era un vaivén lento, sus ojos fijos en los míos.

—En serio, Jeremiah —murmuró—. Me alegro de que te quedes. Sé que esto no era exactamente lo que querías, pero creo que te encantará estar aquí. Si le das una oportunidad. —Hizo un puchero—. Si me das una oportunidad.

Suspiré. No había manera de que pudiera enfadarme cuando él me estaba abrazando así, mirándome así.

—Tendré que buscar casa —le dije—. Dios, tengo tanto que organizar. Necesito llamar a mi padre…

Mi mente comenzaba a nadar de nuevo.

Tully sostuvo mi cara cariñosamente. Me besó suavemente.

—Te vas a quedar conmigo. Toma una habitación libre si quieres. Pero sigues comiéndome el culo y haciendo lo de la próstata.

Resoplé justo cuando el radar empezó a pitar de nuevo. Ese sistema de baja presión que venía del norte no se estaba desacelerando.

—Se avecina una tormenta —murmuré.

—Lo sé. —Sonrió con esa sonrisa molesta que estaba empezando a amar—. ¿No es maravilloso?

~Fin~

INSCRÍBETE AL BOLETÍN INFORMATIVO

PARA MANTENERTE actualizado sobre las últimas noticias, actualizaciones, obsequios y ventas, ¡puedes suscribirte al boletín informativo de NR Walker!

REGISTRATE AQUÍ

SOBRE LA AUTORA

N.R. Walker es una autora australiana a la que le encanta
su género, el romance gay.
Le encanta escribir y pasa demasiado tiempo haciéndolo,
pero no lo haría de otra manera.
Es muchas cosas: madre, esposa, hermana, escritora. Tiene
chicos muy, muy guapos que viven en su cabeza, que no la
dejan dormir por la noche si no les da vida con palabras.
A ella le gusta cuando hacen cosas sucias, muy sucias...
pero le gusta aún más cuando se enamoran.
Solía pensar que tener gente en su cabeza hablándole era
raro, hasta que un día se encontró con otros escritores que
le dijeron que era normal.
Ha estado escribiendo desde entonces...

nrwalker.net

TAMBIÉN DE N. R. WALKER

ESPAÑOL

Sesenta y Cinco Horas (*Sixty Five Hours*)

Los Doce Diaz de Navidad

Código Rojo (*Atrous Series 1*)

Código Azul (*Atrous Series 2*)

Queridísimo Milton James (*Dearest Milton James 1*)

Queridísimo Malachi Keogh (*Dearest Milton James 2*)

El Peso de Todo (*The Weight Of It All*)

Una Navidad Muy Henry

Tres Muérdagos en Raya (*Hartbridge Christmas Series #1*)

Lista de Deseos Navideños: (*Hartbridge Christmas Series #2*)

Feliz Navidad Cupido: (*Hartbridge Christmas Series #3*)

Spencer Cohen, Libro Uno

Spencer Cohen, Libros Dos

Spencer Cohen, Libros Tres

La Historia de Yanni

La Cometa

Davo

Hasta la Luna y de Vuelta

Segunda Oportunidad Al Primer Amor

TÍTULOS EN INGLÉS

Blind Faith

Through These Eyes (Blind Faith #2)

Blindside: Mark's Story (Blind Faith #3)

Ten in the Bin

Gay Sex Club Stories 1

Gay Sex Club Stories 2

Point of No Return – Turning Point #1

Breaking Point – Turning Point #2

Starting Point – Turning Point #3

Element of Retrofit – Thomas Elkin Series #1

Clarity of Lines – Thomas Elkin Series #2

Sense of Place – Thomas Elkin Series #3

Taxes and TARDIS

Three's Company

Red Dirt Heart

Red Dirt Heart 2

Red Dirt Heart 3

Red Dirt Heart 4

Red Dirt Christmas

Cronin's Key

Cronin's Key II

Cronin's Key III

Cronin's Key IV - Kennard's Story

Exchange of Hearts

The Spencer Cohen Series, Book One

The Spencer Cohen Series, Book Two

The Spencer Cohen Series, Book Three

The Spencer Cohen Series, Yanni's Story

Blood & Milk

The Weight Of It All

A Very Henry Christmas (The Weight of It All 1.5)

Perfect Catch

Switched

Imago

Imagines

Imagoes

Red Dirt Heart Imago

On Davis Row

Finders Keepers

Evolved

Galaxies and Oceans

Private Charter

Nova Praetorian

A Soldier's Wish

Upside Down

The Hate You Drink

Sir

Tallowwood

Reindeer Games

The Dichotomy of Angels

Throwing Hearts

Pieces of You - Missing Pieces #1

Pieces of Me - Missing Pieces #2

Pieces of Us - Missing Pieces #3

Lacuna

Tic-Tac-Mistletoe - Hartbridge Christmas Series #1

Christmas Wish List - Hartbridge Christmas Series #2

Merry Christmas Cupid - Hartbridge Christmas Series #3

Bossy

Dearest Milton James

Dearest Malachi Keogh

Code Red - Atrous Series #1

Code Blue - Atrous Series #2

Davo

The Kite

Learning Curve

Merry Christmas Cupid

To the Moon and Back

Second Chance at First Love

Outrun the Rain

Into the Tempest

TÍTULOS EN AUDIO

Cronin's Key

Cronin's Key II

Cronin's Key III

Red Dirt Heart

Red Dirt Heart 2

Red Dirt Heart 3

Red Dirt Heart 4

The Weight Of It All

Switched

Point of No Return

Breaking Point

Starting Point

Spencer Cohen Book One

Spencer Cohen Book Two

Spencer Cohen Book Three

Yanni's Story

On Davis Row

Evolved

Elements of Retrofit

Clarity of Lines

Sense of Place

Blind Faith

Through These Eyes

Blindside

Finders Keepers

Galaxies and Oceans

Nova Praetorian

Upside Down

Sir

Tallowwood

Imago

Throwing Hearts

Sixty Five Hours

Taxes and TARDIS

The Dichotomy of Angels

The Hate You Drink

Pieces of You

Pieces of Me

Pieces of Us

Tic-Tac-Mistletoe

Lacuna

Bossy

Code Red

Learning to Feel

Dearest Milton James

Dearest Malachi Keogh

Three's Company

Christmas Wish List

The Kite

Davo

Learning Curve

Merry Christmas Cupid

To the Moon and Back

Second Chance at First Love

LECTURAS GRATUITAS:

Sixty Five Hours

Learning to Feel

His Grandfather's Watch (And The Story of Billy and Hale)

The Twelfth of Never (Blind Faith 3.5)

Twelve Days of Christmas (Sixty Five Hours Christmas)

Best of Both Worlds

OTRAS TRADUCCIONES

Italiano

Fiducia Cieca (Blind Faith)

Attraverso Questi Occhi (Through These Eyes)

Preso alla Sprovvista (Blindside)

Il giorno del Mai (Blind Faith 3.5)

Cuore di Terra Rossa Serie (Red Dirt Heart Series)

Natale di terra rossa (Red dirt Christmas)

Intervento di Retrofit (Elements of Retrofit)

A Chiare Linee (Clarity of Lines)

Senso D'appartenenza (Sense of Place)

Spencer Cohen Serie (including Yanni's Story)

Punto di non Ritorno (Point of No Return)

Punto di Rottura (Breaking Point)

Punto di Partenza (Starting Point)

Imago (Imago)

Il desiderio di un soldato (A Soldier's Wish)

Scambiato (Switched)

Tallowwood

The Hate You Drink

Ho trovato te (Finders Keepers)

Cuori d'argilla (Throwing Hearts)

Galassie e Oceani (Galaxies and Oceans)

Il peso di tut (The Weight of it All)

Francés

Confiance Aveugle (Blind Faith)

A travers ces yeux: Confiance Aveugle 2 (Through These Eyes)

Aveugle: Confiance Aveugle 3 (Blindside)

À Jamais (Blind Faith 3.5)

Cronin's Key Series

Au Coeur de Sutton Station (Red Dirt Heart)

Partir ou rester (Red Dirt Heart 2)

Faire Face (Red Dirt Heart 3)

Trouver sa Place (Red Dirt Heart 4)

Le Poids de Sentiments (The Weight of It All)

Un Noël à la sauce Henry (A Very Henry Christmas)

Une vie à Refaire (Switched)

Evolution (Evolved)

Galaxies et Océans (Galaxies and Oceans)

Qui Trouve, Garde (Finders Keepers)

Sens Dessus Dessous (Upside Down)

La Haine au Fond du Verre (The hate You Drink)

Tallowwood

Spencer Cohen Series

Alemán

Flammende Erde (Red Dirt Heart)

Lodernde Erde (Red Dirt Heart 2)

Sengende Erde (Red Dirt Heart 3)

Ungezähmte Erde (Red Dirt Heart 4)

Vier Pfoten und ein bisschen Zufall (Finders Keepers)

Ein Kleines bisschen Versuchung (The Weight of It All)

Ein Kleines Bisschen Fur Immer (A Very Henry Christmas)

Weil Leibe uns immer Bliebt (Switched)

Drei Herzen eine Leibe (Three's Company)

Über uns die Sterne, zwischen uns die Liebe (Galaxies and Oceans)

Unnahbares Herz (Blind Faith 1)

Sehendes Herz (Blind Faith 2)

Hoffnungsvolles Herz (Blind Faith 3)

Verträumtes Herz (Blind Faith 3.5)

Thomas Elkin: Verlangen in neuem Design

Thomas Elkin: Leidenschaft in Klaren Linien

Thomas Elkin: Vertrauen in bester Lage

Traummann töpfern leicht gemacht (Throwing Hearts)

Sir

Tailandés

Sixty Five Hours (Traducción al Tailandés)

Finders Keepers (Traducción al Tailandés)

Chino

Blind Faith (Traducción al Chino)

Japonés

Bossy

Gracias por leer